Vleugel te koop

Andrea Vitali

Vleugel te koop

Vertaald uit het Italiaans door

Aafke van der Made

Serena Libri Amsterdam 2011

Oorspronkelijke titel: *Pianoforte vendesi*

© Garzanti Libri s.p.a., Milano 2009

© Nederlandse uitgave: Serena Libri, Amsterdam 2011

Vertaling uit het Italiaans: Aafke van der Made

Omslagontwerp: René Abbühl, Amsterdam

Illustratie: *Piano silhouette*, Joseph Pulitano, iStockphoto 2007

Foto Andrea Vitali: Rien Bazen, Amsterdam 2008

Druk- en bindwerk: Drukkerij Bariet, Ruinen

isbn 978 90 76270 661

nur 330 • 302

De personages en omstandigheden in deze roman zijn vrucht van de verbeelding. De plaatsen waar het verhaal zich afspeelt, daarentegen, bestaan echt.

Vaarwel, lief dorp...

Tekst uit een film geïnspireerd op de avonturen van Peppone en Don Camillo, naar een boek van Giovannino Guareschi.

Er staat één ster aan de hemel en verder wolken. Ook die ene zal spoedig verdwijnen. Maar het ziet er toch niet naar uit dat het gaat regenen of sneeuwen.

De Pianist stapt uit de trein die uit Sondrio komt. Eenmaal op het perron kijkt hij naar boven. Dan pas beseft hij dat er maar één ster aan de hemel staat en verder wolken. Het maakt hem niet uit. Belangrijk is dat er volk op straat is, herrie, drukte. Het is de avond van 5 januari 1966, het driekoningenfeest in Bellano. Markten en dorpsfeesten zijn zijn lust en zijn leven. Daarom is hij daar. Niet voor het feest. Wel voor de herrie, de drukte. De mogelijkheid iets te stelen, portemonnees, horloges. Misschien zelfs een bromfiets, hij ziet wel.

Hij wordt de Pianist genoemd vanwege zijn magere handen, zijn lange en slanke vingers. De rest telt niet, zijn bochel, zijn haakneus, de lange en vette zwarte haren. Een dief wordt beoordeeld op zijn handen. Daarmee hangt hij zijn klokkenspel recht en verlaat het station. Zijn oren vangen vage tonen op van een luidspreker, het feest gaat beginnen. Hij verlaat het station met de gedachte dat de juten die avond wel wat anders aan hun hoofd hebben dan hem. Een paar honderd meter en hij is in het dorp. De lucht is koud, bezwangerd van sterke geuren: bisschopswijn en *trippa**. De sfeer is zinderend, verlichte ramen, stemmen. Je voelt dat het feest op handen is. Ze hadden hem gezegd dat het voor Bellano een bijzondere avond is, sprookjesachtig, waar veel mensen op afkomen. Mooi. Het is zes uur, de hemel helemaal bewolkt, die ene ster verdwenen. De Pianist besluit eerst een inspectieronde te doen. Vaststellen wat de goede plekken zijn, waar de mensen samendrommen, zich verdringen. Waar zijn magere handen, zijn lange en slanke vingers met alle gemak kunnen werken. Ook de stille plekken, waar bromfietsen en auto's geparkeerd staan. Op de een of andere manier zal hij weer thuis moeten komen als het hem niet lukt de laatste trein te halen, die

* *trippa* - dikke soep van runderpens

van elf uur. Bromfietsen en auto's hebben voor zijn handen geen geheimen. Na zijn verkenningstocht zal hij een eethuis induiken: één of twee borden *trippa*, een halve liter rode wijn, om zich voor te bereiden op de werknacht.

De smalle straten van het dorp, de wijken, de stegen, zijn een verleiding voor zijn handen. De Pianist slaat de namen, Via Porta, Via Balbiani, Via Boldoni, in zijn hoofd op.

Via Manzoni, de langste. Die snijdt de oude kern in tweeën. Eén lange rij winkels, portieken, poorten. Daar zullen de mensen over een tijdje elkaar op de tenen trappen en de Pianist zal zijn dagloon verdienen.

Halverwege de straat valt zijn oog op het bord.

VLEUGEL TE KOOP

Het bord hangt aan een half openstaande poort. In het duister achter de poort schemert een gang. Halverwege flakkert een devotielichtje. De Pianist glimlacht.

Vleugel te koop, denkt hij. En glimlacht. Juist voor hem, hem noemen ze de Pianist.

Waarom niet 'te steel'? vraagt hij zich af.

Een piano stelen zou een mooie slag zijn. Hij heeft geen idee, maar die moet een hoop flappen waard zijn.

En dan, waar laat hij hem dan? In zijn zak? Op zijn rug?

Hij bekijkt het bord, er staat nog iets onder geschreven, in kleine letters, hij gaat dichterbij staan.

'Belangstelling voor de vleugel?'

De stem verheft zich achter zijn rug. De stem en een alcoholische wolk. Hij draait zich om. Er staat iemand met een paars gezicht die naar hem kijkt. Hij staat op de drempel van een winkel, een schoenmakerij. Zijn ogen glanzen, voor hem is het feest al begonnen.

'Als u geïnteresseerd bent in de piano kunt u hem boven bekijken,' zegt hij.

Hij stelt zich voor, hij is de schoenmaker, de eigenaar van de winkel. Hij zegt dat hij volmacht heeft van de eigenaar van de piano.

Wat die klote volmacht betekent weet de Pianist niet. Maar hij begrijpt eruit dat het huis leegstaat.

'Dat staat ook op het bord daar,' legt de schoenmaker uit: dat men zich tot hem moet wenden, voor de piano.

De Pianist werpt een blik op het bord.

'Nee, nee,' antwoordt hij.

Hij is alleen toevallig even gestopt, hij die ze de Pianist noemen, hier waar ze een piano verkopen. Dat denkt hij alleen, hij zegt niets, groet en gaat de buurt verder verkennen. Een goede plek, denkt hij, het zal hem aan mogelijkheden niet ontbreken. Als er goede zaken te doen zijn, kan het hem ook niet schelen de laatste trein te missen. Dan maar de eerste 's ochtends, om vijf uur, morgen kan hij de hele dag slapen.

Het is inmiddels zeven uur, hij heeft honger. Op een lege maag kan je niet werken. Ook het dorp is nu leeg. De mensen gaan naar huis om te eten, zich voor te bereiden op het feest. Ze hebben hem verteld dat je in Osteria del Ponte goed eet voor weinig geld. Hij gaat ernaar op zoek, vindt hem en stapt naar binnen. De tafels zijn al gedekt, tafels voor tien, vijftien man.

'Eentje maar?' vraagt een norse vrouw.

Ja, maar als er geen plaats is geeft dat niet, zegt de Pianist. Dit is namelijk niet de enige eettent in het dorp.

'Er is plaats,' antwoordt het mens. Met haar hoofd wijst ze naar een tafel.

Tafel in de hoek, er zitten al mensen aan te eten. Eenlingen, net als hij. Vaste klanten en weduwnaars die een overeenkomst met de waard hebben.

'Doe de dagschotel maar,' zegt de Pianist, en maar hopen dat het veel is.

De anderen aan zijn tafel groeten kort, en gaan dan door met hun gesprek. Ze hebben het over het weer. Het gaat regenen, het gaat sneeuwen, nee hoor. Over de kou zijn ze het eens.

De *trippa* is lekker maar niet zo veel als de Pianist had gewild. Hij kijkt hoe laat het is, kwart voor acht. Er is alle tijd om nog een kom te nemen. Dat vraagt hij.

'Ik weet niet of er nog is,' zegt de norse vrouw.

Nog geen minuut later staat ze er weer met een stomend bord *trippa* in haar hand.

Kutwijf, denkt de Pianist, en bestelt nog een halve liter rood. Dat gaat er lekker in. Dat gaat er lekker in en blijft er lekker zitten, en stijgt niet naar je hoofd, de ideale voorwaarde om goed te werken, met lef maar niet onbezonnen.

Hij schrokt zijn tweede portie *trippa* naar binnen.

'Lekker,' zegt hij tegen zijn tafelgenoten.

Hij had best een babbeltje willen maken, alleen al om de tijd te doden tot er gewerkt moest worden. Ze knikken hem allemaal bevestigend toe maar niemand zegt iets. Ze praten niet eens meer onderling. Ze wachten, god mag weten waarop. De Pianist besluit ze links te laten liggen, het is kwart over acht.

'Nog iets anders?' komt de norse vrouw vragen.

Een grappa. Een grappaatje zal nu wel smaken. De norse vrouw brengt de fles grappa en zet hem op tafel samen met een aantal glazen. De Pianist schenkt zich als eerste in. Een half glaasje, niet meer. Dan laat hij geluidloos een boer en leunt achterover tegen de muur, nog een half uur wachten.

Hij voelt dat zijn oren en neus gloeien. Zijn oren, jammer dan. Zijn neus is vervelend. Hij weet dat die lelijk, misvormd is. Als die rood wordt door de kou of de wijn, wordt zijn gezicht net een masker, lachwekkend. In zijn dorp durft bijna niemand hem daarmee nog te pesten. Als ze dat doen neemt hij ze te grazen. Zijn tafelgenoten kijken hem af en toe tersluiks aan, nieuwsgierig, bijna ongelovig. Erger nog dan als ze iets tegen hem zouden zeggen. Hij kan er niets aan doen. Hij moet alleen nog maar even wachten.

Even voor negen staat hij op, groet, betaalt en gaat naar buiten. De verrassing wacht hem op de drempel van het eethuis. Het regent en sneeuwt. Water en sneeuw tegelijk, en het waait.

Krijg de kolere, mompelt de Pianist.

Dat niet vanwege de kou die hem rauw op de maag valt. Hij ziet voor zich hoe het zal aflopen met dat kutweer. Er zullen alleen schoffies op straat rondlopen die zich van sneeuw, regen en kou niets aantrekken, maar ook niets op zak hebben. De ouders met hun kinderen zullen thuis blijven om vanachter de ramen naar de optocht te kijken. Thuis met hun kinderen, hun horloges, hun portemonnees en wat niet al.

De Pianist ziet de sneeuwvlokken vallen. Hij rilt, het is behoorlijk koud. Bovendien heeft hij niet veel aan, alleen een jack. Maar op het werk is het overigens beter niet te veel belemmerd te worden.

Een van zijn tafelgenoten komt naar buiten. Sigaret in de mondhoek, die hij er niet eens uithaalt om te praten.

'In geen veertig jaar heb ik zulk weer gezien op het driekoningenfeest. Altijd koud maar nooit zulk hondenweer.'

De Pianist zegt niets. De man gaat hoofdschuddend weg, een gebaar dat betekent dat het feest is verpest en de Pianist begrijpt het.

De klok slaat negen uur. Weinig volk. De optocht van de Drie Koningen begint over een uur. Als het mooi weer was geweest, de Pianist weet het zeker, waren de straten en het plein al vol geweest. Hij midden in het gewoel, zogenaamd een beetje dronken, met zijn vingers in de weer.

Het komt bij hem op, hij denkt er even over na, weegt de voors en tegens af. De laatste trein om elf uur, nog maar een paar uur.

Waarom niet?

Het huis staat leeg, dat weet hij zeker. Als die man, de schoenmaker de... hoe zei hij dat? de volmacht heeft, de opdracht van de eigenaar dus, betekent dat dat het huis onbewoond is. Afgezien van de piano zal er vast wel iets anders zijn om in je zak te stoppen of onder je jack. In de lades, in de kasten, onder het matras, onder de tegels...

Even kijken kost niks. Beter dan hier op de drempel van het eethuis blijven staan wachten op god mag weten wat. Daar is het in ieder geval droog. En hij ziet wel hoe het zal gaan, boven in de hemel en beneden op straat. En als er dan echt niets te doen valt, de trein van elf uur pakken en terug naar huis.

Daar denkt hij over, maar hij verroert zich niet. Ondertussen beieren de klokken. Al tien uur, zou het? Hij kijkt op zijn horloge. Helemaal niet, de klokken spelen *La dirlindana*.

Nog een tafelgenoot komt de deur uit.

'Het is tijd om naar huis te gaan,' zegt hij.

Net als de eerste zegt hij ongevraagd iets. Daarnet aan tafel nog geen woord, nu hebben ze allemaal wat te zeggen.

Hij praat, legt hem de betekenis van de dirlindana uit, zijn adem ruikt naar grappa: teken van de avondklok, zegt hij, een bedenksel van de Oostenrijkers.

'Op zo'n avond zit er niets anders op dan naar huis te gaan en salut Drie Koningen.'

Zwaaiend op zijn benen vertrekt hij. Hij verdwijnt onder de poort die vanaf Piazza Cavour naar Via Manzoni leidt. De Pianist laat een paar minuten voorbijgaan, neemt dan een besluit en vertrekt ook. Hij heeft nu niet veel tijd meer voor onderzoek. Hij steekt het plein over, slaat Via Manzoni in en komt bij het huis van Vleugel te koop. Het bord hangt er nog, gniffelt de Pianist: ze hebben hem nog niet kunnen verkopen. De poort staat nog steeds half open, hij glipt erdoorheen, loopt de gang in, stopt, kijkt, doet een paar stappen. Hij stopt weer, precies onder een nis waar een devotielichtje een kleine Madonna beschijnt. De ingang naar het huis is halverwege de gang. Er zit een ijzeren hekje voor met nog een bord, dezelfde tekst 'Vleugel te koop', maar dan in kleine letters. Het hek is open.

Bon, denkt de Pianist. Hij gaat naar binnen. Kijkt naar boven. Twee trappen op, hij staat voor de deur, er zijn geen andere appartementen. Nergens licht. Hij luistert. Geen enkel geluid. Toch voorzichtigheid geboden, vanwege de zij- en overburen.

Hij houdt zijn adem in. Betast de deur, van hout. Voelt aan het slot om erachter te komen wat voor type het is, welk gereedschap hij nodig heeft om het open te maken. Hij heeft drie of vier soorten in zijn jack. Een doodgewone kruk, slot voor amateurs, een kind kan de was doen, je hoeft alleen maar de kruk naar beneden te doen en met iets van gereedschap in het slot zal de deur opengaan. Maar die is al open. Dat merkt de Pianist als hij de kruk naar beneden doet. De deur gaat open.

O hemel, mompelt hij.

Hij kijkt naar binnen. Duisternis. Hij blijft een tijdje kijken. Luistert. Geen enkel geluid.

Waarom is die deur nou open? vraagt hij zich vertwijfeld af.

Misschien is die kerel, met die paarse kop, de schoenmaker die de volmacht had, vergeten hem dicht te doen, is het hem ontschoten, tussen twee glazen door.

Of misschien is de deur niet dicht omdat het niet de moeite waard is hem te sluiten. Omdat er binnen niets is, niets te stelen valt. Behalve dan natuurlijk de piano, waarvan niemand het in zijn hoofd zou halen om die te stelen, behalve hij. Maar alleen voor de grap.

Hij duwt de deur open. De gesloten luiken laten nog geen streepje licht door van de lantaarns buiten. Hij doet een stap, nog een, sluit de deur achter zich. Je zou een kat moeten zijn om iets te zien. Hij snuffelt. Muffe kamferlucht van een afgesloten ruimte. Hij heeft geen zaklantaarn bij zich, een bezoek aan een appartement was niet ingecalculeerd. Zelfs geen lucifers, hij rookt niet. Het zit tegen, een rotavond. En ja hoor, nog twee stappen en hij loopt ergens tegenaan, stoot zijn kruis tegen een scherpe rand. Het doet flink pijn. Dan een geluid, er breekt iets.

De knal waarmee het vaasje op de grond kapot valt heeft iets onvoorstelbaars. Het ontploffen van een bom, een mijn, een geweerschot. Misschien was het wel een kostbare vaas. Misschien het voorwerp dat zijn avond had gered, nu die verpest was door het kloteweer dat boven het driekoningenfeest is uitgebroken.

Wie weet.

Wat is dat licht?

Het verschijnt plotseling. Een streepje licht. Een smalle reep oranje licht. Het schijnt onder een deur die verder onzichtbaar is. De Pianist houdt zijn adem in. Hij doet twee stappen achteruit, zijn ogen strak gericht op de lichtstreep. Nog een stap en hij denkt tegen de deur te staan. Hij strekt zijn hand uit, zoekt naar de kruk. En dan snel weg, de trein van elf uur en naar huis.

Het is de deur niet, hij is tegen de vleugel opge-
botst. Hij strekt zijn hand uit, vindt het toetsenbord,
de klep staat open. Het lukt hem niet zijn lange piano-
vingers tegen te houden. De middelste valt op een toets,
en brengt een diepe *do* voort die bezit neemt van de stilte in de kamer.

De deur waaronder vandaan het streepje licht komt
gaat open. Het wordt een rechthoek van oranje licht.
Daar middenin een vrouwenfiguur.

'Goedenavond,' zegt de vrouw.

De open deur biedt zicht op een slaapkamer.

'Goedenavond,' antwoordt de Pianist.

Hij weet zo gauw niets beters te verzinnen. Hij
heeft geantwoord om maar iets te zeggen, de verrassing de baas te worden, te doen of hij daar toevallig
is, of per ongeluk. Hij doet ook een poging beleefd te
glimlachen: het lukt hem slecht, het heeft meer iets
van een snelle grimas, waarbij zijn bovenlip bijna het
puntje van zijn haakneus raakt. Hij moet het oudje
naar de mond zien te praten en dan ervandoor gaan.

Hij kijkt naar haar.

Bij de toneelvereniging van zijn dorp had hij zulke
oudjes wel gezien. Ook zulke scènes. Oude vrouwtjes

die halverwege de tweede akte opkomen. Opgemaakt met poeder. In peignoir, glimlachend, grijze haren. Omaatjes die altijd goede raad geven, situaties oplossen. In de zaal kan je niet ruiken of ze ook parfum op hebben. Hij snuffelt. Zijn neus vangt een mierzoete geur op, alsof het oudje gebaad heeft in rozenbrandewijn. Hij luistert. Er is niets te horen, totale, ondoordringbare stilte. Alsof ze buiten het feest helemaal hebben afgelast, de lichten uitgedaan, de eethuizen gesloten. Het sneeuwt vast, hard, ach daarom is het zo stil.

Hij zegt nog een keer goedenavond, alleen maar om zijn stem te horen, een geluid in de stilte te laten vallen. Dan doet hij een stap in de richting van de deur, weg van de piano. Het is vast nog geen elf uur, hij kan de trein nog halen.

Maar zij: 'Bent u voor de vleugel gekomen?'

Kolere, denkt de Pianist.

Hij heeft zich behoorlijk in de nesten gewerkt met het idee dat het huis onbewoond was. De schoenmaker, als hij die in zijn handen kon krijgen! Maar het is niet diens schuld, dat weet hij. Die had hem echt niet gezegd dat het huis onbewoond was. Dat had hij zich gewoon in zijn hoofd gehaald. Het gedoe met de volmacht, de opdracht van de eigenaar heeft hem op het verkeerde been gezet.

Maar nu is hij daar. Hij moet iets doen om zich uit deze situatie te redden. Zien te vermijden dat het oudje onraad ruikt. Dat ze gaat gillen, dat de buren haar horen, dat ze de juten weet te waarschuwen. Vermijden voor niets in de bak terecht te komen, dankzij een klote avond die als hij thuis was gebleven...

Er viel hem iets in. Hij strekte zijn handen naar de vrouw uit, zijn mooie pianistenhanden.

'Ja,' zegt hij.

Het oudje doet de lichten in de kamer aan. Belachelijke lichten, peertjes van niet meer dan vijfentwintig watt. De Pianist ziet de tafel waar hij tegen aan is gelopen, op de grond de scherven van de vaas die hij gebroken heeft. Tersluiks kijkt hij naar de vleugel. Vervolgens naar het oudje. Haar ogen glimlachen hem tegemoet, ze heeft poeder op haar wangen, een tandeloze mond, rimpels op haar voorhoofd en de handen gekruist over haar buik geslagen. Hij houdt de zijne nog steeds naar haar uitgestrekt.

'Wat een mooie pianistenhanden,' zegt de vrouw.

Ze doet een stap in zijn richting.

Krijgen we ook nog dat ze gek is, denkt de Pianist.

Maar dat moet haast wel, dat kan niet missen. Op wie de buren en de schoenmaker die de volmacht van de eigenaar van het huis heeft een oogje in het zeil houden. Gek, zonder familie, wachtend op een plekje in een tehuis of inrichting. Achter slot en grendel, behalve dan dat de schoenmaker vanwege het feest die avond de deur open had laten staan. Ze verkochten alles wat ze nog bezat om het benodigde geld bijeen te brengen voor de bekostiging van hetzij een tehuis of een inrichting.

Ik ben terechtgekomen in een huis van een gek, denkt de Pianist.

De oude vrouw doet een paar stappen, buigt zich dan voorover om de scherven van het vaasje op te rapen.

'Het spijt me,' zegt hij.

Nu gaat ze huilen of schreeuwen, denkt hij. Waarna de buren binnen zullen komen. Of de schoenmaker, als hij tenminste nog op zijn benen kan staan.

'Ik heb het gebroken, dat heb ik niet expres gedaan...' zegt de Pianist, met een zo'n verfijnd mogelijke toon in zijn stem.

Met gekken moet je rustig omgaan. Vriendelijk zijn. Mauwen. Dat weet hij. Ook zijn vader was aan het eind niet goed meer bij zijn hoofd.

'Ik ben bereid het te vergoeden,' flapt hij eruit.

En waarmee dan? denkt hij.

Na wat hij in het eethuis heeft uitgegeven heeft hij misschien nog net genoeg op zak voor het treinkaartje. Als hij die tenminste nog haalt, want het zal wel bijna elf uur zijn.

Maar zij:

'Geen sprake van,' zegt ze.

Een snuisterij zonder enige waarde. Zonder enige geldelijke waarde. Sentimentele waarde, dat wel. Een cadeau van een vroegere aanbidder.

'U weet hoe die jongemannen zijn,' zegt ze.

Ze geven cadeaus. Allerlei soorten. Maar vaak vergeten ze het meest waardevolle te geven.

'Inderdaad...' laat de Pianist vallen die geen flauw idee heeft wat ze bedoelt. In de gesprekken met gekken kan je het best gewoon meegaan. Ook met zijn vader...

Maar zij:

'Weet u wat dat is?' vraagt ze.

'Natuurlijk,' laat de Pianist zich ontvallen.

Maar wat zal het zijn?

'Het hart,' zegt godzijdank het oudje.

De scherven van de vaas liggen op tafel. De oude vrouw legt haar handen ter hoogte van haar hart, ze glimlacht. Ze heeft een mooie glimlach, valt de Pianist op. Een jonge glimlach, waardoor haar rimpels verdwijnen. Misschien is het alleen verbeelding, is het dankzij de poeder. Ze is gek, dat staat vast: maar misschien is het een van die gekken die niet raar doen, niet schreeuwen, niet tekeergaan. Het oudje blijft glimlachen, met haar blik op oneindig. Misschien is het een van die gekken die in een paar seconden van vrolijk naar razend omslaan.

Dat is haar probleem, denkt de Pianist. Voor hem is het tijd om te gaan.

'Het spijt me dat ik u gestoord heb,' probeert hij.

Maar zij:

'U heeft me helemaal niet gestoord,' antwoordt ze.

Ze draait zich naar hem toe, nog altijd met die vriendelijke glimlach.

'Het punt is dat ik weg moet,' probeert de Pianist.

'En de vleugel?' vraagt ze.

O ja, de vleugel. De schoenmaker heeft hier niets mee te maken. Hij is het zelf geweest die gezegd heeft dat hij daarom hier was.

'De vleugel...' zucht hij.

'Gaat u zitten,' zegt het oudje.

Dat ontbrak er nog maar aan! Gaan zitten! Ik zal daar gek zijn, denkt de Pianist.

Hij rolt met zijn ogen. De deur op één meter, anderhalve meter. Hij maakt een berekening. Hij kan het proberen, één grote sprong en hij staat buiten. Hij telt af, één, twee, drie...

Maar het oudje loopt naar het raam.

Ze wil iemand roepen, bedenkt de Pianist.

Hij gaat zitten.

'Je tocht hier weg,' zegt de oude vrouw nadat ze zich ervan vergewist heeft of het raam wel goed dicht is.

En dan:

'Vindt u mijn vleugel mooi?'

De Pianist knikt.

'Ja,' bevestigt hij dan.

'Het is een mooie vleugel,' mompelt de vrouw.

Hij is als een kind voor haar, zegt ze. Dan lacht ze.

Als een kind, herhaalt ze. Een beetje op leeftijd, eerlijk gezegd.

'Bijna zeventig.'

'Gefeliciteerd,' zegt de Pianist stompzinnig, maar wat kan hij zeggen? Hij voelt zijn oren en neus weer gloeien.

Hij heeft niet goed begrepen of het oudje of de piano zeventig jaar is.

'Vleugels worden nooit oud,' zegt de vrouw.

Wie ze bespeelt wel.

'Probeer eens te raden hoe oud ik ben,' zegt ze.

Ai! denkt de Pianist.

Bij gekken weet je nooit wat je moet antwoorden. Het is mogelijk dat als hij zich vergist ze razend wordt. Hij had nooit moeten gaan zitten. Hij had dat huis nooit moeten binnengaan.

'Zeventig,' zegt hij dan maar.

Net als de piano.

Aan de keel van de oude vrouw ontsnapt een lach-je, verontrustend in dat half duister en de ondoordringbare stilte, in het volledig ontbreken van ieder straatrumoer.

'Dat is aardig van u,' zegt ze dan. Maar serieus.

Nu weg, denkt de Pianist.

Maar:

'Ik ben in 1878 geboren,' zegt ze.

In dit huis. Enig kind. Haar vader en moeder hebben tien jaar op haar moeten wachten. Ze waren bang dat ze nooit een kind zouden kunnen krijgen. Haar vader was slager. De dag dat ze geboren werd sloot hij de winkel, ook al was het donderdag. De andere winkeliers waren vol kritiek. Ze beschouwden het als een daad van hoogmoed. Hij heeft de hele dag naar haar zitten kijken. Dat vertelde haar moeder haar altijd.

'Gefeliciteerd,' zegt de Pianist.

Het slaat nergens op, dat weet hij. Gefeliciteerd met wat? Maar wat kan hij anders zeggen? Hij zou kunnen vragen hoe laat het is, dat wel, om erachter te komen of hij de trein van elf uur nog kan halen.

'Dank u,' zegt het oudje.

Vanaf haar geboorte heeft ze altijd hier gewoond, voegt ze eraan toe. Altijd.

'Behalve...'

Ze stopt even, en zucht.

'Maar laten we het daar niet over hebben, het is de moeite van het bespreken niet waard,' besluit ze.

'Als u iets wilt drinken...' voegt ze er ineens aan toe.

Als de jongeman iets wil drinken hoeft hij het maar te zeggen. Dan zullen ze daarna over de vleugel praten.

'Ja, nu u het zegt,' laat hij weten.

Niet over iets drinken. Over de piano. Misschien als hij het over de boeg van de transactie gooit, kan hij zich er zonder consequenties uit redden. Hij zal een bedrag noemen, zonder enige aanbetaling, en een nepafspraak maken.

'Maar hoe krijgt u hem naar buiten?' vraagt de vrouw.

Misschien daardoorheen? zegt ze. Ze wijst op het raam. Ze staat op en loopt er heen.

'Nee!' roept de Pianist uit.

Niet uit het raam.

'Benedenlangs dan?' vraagt de oude vrouw terwijl ze weer gaat zitten.

Maar is dat nog wel mogelijk?

Het oudje laat haar hoofd zakken, zodat haar kin op haar borst steunt, alsof ze ineens door slaap overmand is. De Pianist hoopt dat dat zo is, hij zal wachten tot ze diep slaapt en er dan stilletjes vandoor gaan. Hij wacht tot de stilte in de kamer doorbroken wordt door het zachte en regelmatige gesnurk van oude mensen. Ondertussen werpt hij een blik op zijn horloge. Het glas is beslagen, er is water in gekomen, toen hij hierheen liep. Hij brengt het dichter naar zijn ogen, dat helpt niet, wat ook te wijten is aan de peertjes van vijfentwintig watt. Als hij dan tenminste de klokkentoren zou horen, maar niets daarvan. Er zal buiten inmiddels wel een halve meter sneeuw liggen.

'Weet u,' zegt het oudje ineens.

Ze slaapt dus niet.

Wat weten?

'Wat?' vraagt de Pianist.

Die piano staat sinds 1898 bij haar thuis.

'Het is niet waar!' roept de Pianist uit.

'Sinds de dag van mijn twintigste verjaardag,' verklaart het oudje nader.

Het was een cadeau van haar vader en om hem in huis te krijgen hadden ze hem via beneden, via de slagerij naar boven gebracht.

'Die er nu niet meer is.'

Zoals zo veel dingen.

'Aha,' zegt de Pianist.

'Mooie tijden,' zegt het oudje.

'Zeker,' bevestigt hij.

'U moest eens weten...'

Ze had op haar twintigste veel aanbidders. Mooi als ze was. Een droombeeld van lieftalligheid. Maar zij was al verliefd. Dat was haar op haar vijftiende overkomen. Maar ze had het pas tegen haar ouders gezegd toen ze achttien was, na het eerste huwelijksaanzoek.

'Een aanzoek met weelde in het verschiet,' verklaart het oudje nader.

Zoon van een zijdefabrikant.

Maar ze had nee gezegd.

'Waarom?' vraagt de Pianist. Hij zou dit gesprek zo snel mogelijk willen afronden, wie weet waar het allemaal nog heen kan gaan.

Maar dat heeft ze hem al gezegd, antwoordt het oudje, ze was al verliefd.

'O ja.'

En wil hij weten op wie?

Op een andere, nog rijkere, nog aantrekkelijker mooie jongeman, werpt de Pianist op.

'Wat nou, jongemannen,' onderbreekt het oudje hem.

Geen enkele jongeman in haar leven. Wel talloze aanbidders. Maar zij was al verliefd op iets anders.

'Op muziek,' zegt ze.

Hè, hè, denkt de Pianist, we zijn er.

Ze wist het meteen, zegt de vrouw, dat alles op aarde muziek is. Het meer, de bergen, de hemel, de sterren, de lucht, de seizoenen. Zelfs de stappen van de mensen op straat, de woorden die ze wisselen, en de glimlachen, het handen schudden. Alles. Muziek. Ze had het gehoord tegen haar vijftiende. En was er verliefd op geworden. De muziek was haar enige liefde geworden. Ze voelde zich daarmee getrouwd. Ze had toch niet met een ander kunnen trouwen?

'Nou nee,' zegt de Pianist, onrustig schuivend op zijn stoel. Hij voelt zich als gevangen in een spinnenweb. Hij probeert het oudje weer met beide benen op de grond te krijgen, het gesprek weer zakelijk te maken.

'Dus wat de vleugel betreft...' zegt hij.

'Mijn vader,' bevestigt het oudje.

Hij had die aan haar gegeven.

'Op uw twintigste,' ontsnapt hem.

'Ja. Wist u dat?'

De Pianist glimlacht. Dat heeft zij hem verteld. Maar hij zegt dat niet. Waag het niet tegen gekken in te gaan.

'Het was een gok,' liegt hij.

'Goed zo,' zegt het oudje.

Op haar twintigste. Na het zoveelste aanzoek dat ze heeft afgeslagen. Altijd knappe, elegante jongemannen, goede partijen, zelfs van buiten het dorp. Maar ze was al getrouwd.

'Met de muziek,' mompelt de Pianist.

'Piano spelen,' zegt het oudje.

Dat was haar droom. Concerten geven. Reizen. De muziek spelen die ze in het leven hoorde, de muziek van het meer, de sterren, de bergen, de voetstappen van de mensen.

'Maar mijn vader...'

Haar vader, niet. Dat wilde hij niet. Stel je voor! Een dochter de wijde wereld insturen om concerten te geven. Een belachelijk idee. Daar viel niet eens over te praten. En bovendien, ze kon niet eens piano spelen! Ze had zelfs nog nooit een piano gezien!

Ik zal het leren, heeft ze geantwoord.

Hoe? heeft hij gevraagd.

Zelf, heeft ze opstandig geantwoord.

Als hij haar een piano zou geven, zou ze hem dat laten zien.

Op haar twintigste. Toen haar vader er eindelijk van overtuigd was dat de muziek haar ware liefde was en er geen sprake van kon zijn haar met een ander te laten trouwen...

'Want dat kon ik niet, bent u dat met me eens?' vroeg het oudje.

Natuurlijk, zegt de Pianist.

Op haar twintigste heeft hij haar de vleugel gegeven, deze. Die ze in de kamer hebben gebracht via de slagerij, vastgesnoerd op de schouders van drie mannen. En zij is gaan studeren. Dagenlang heeft ze alleen gekeken. Naar de witte en zwarte toetsen gekeken. Denkend dat er in, er achter, en onder die toetsen, en in haar vingers alle muziek zit die je in de wereld hoort. Ze heeft naar ze gekeken om bevriend met ze te raken. Om ze duidelijk te maken dat ze hen altijd goed zou behandelen. Om zich bij voorbaat te verontschuldigen voor de fouten die ze zou maken.

'Dat was nog maar het begin,' zegt het oudje.

Een heel jaar lang, acht uur per dag studeren, noten leren. Zonder ooit een vinger op de toetsen. Nooit.

Zodat haar vader na een paar maanden haar kwam vragen of haar passie voor de piano misschien voorbij was en of ze nu dan eindelijk een man wilde vinden.

'Denkt u dat ik mijn grote liefde had kunnen be-driegen?' vraagt het oudje.

De Pianist schudt zich wakker, hij was even wegge-droomd. De stem van het oudje is als een weg vol bochten. Hij heeft die een tijdje gevolgd, daarna is het alsof hij door het raampje naar buiten is gaan zitten kijken. Hij heeft de vraag gehoord.

'Wie?' vraagt hij.

Het oudje geeft geen antwoord, ze glimlacht, ze blijft zwijgen.

'Goed,' zegt de Pianist dan.

Goed, als we het over het geld willen hebben...

Hij moet er stilletjes om lachen, welk geld? Op zak heeft hij net genoeg voor het treinkaartje.

'O,' zegt het oudje, 'daar is nog tijd genoeg voor. U hoeft zich in ieder geval geen zorgen te maken, het instrument is in uitstekende staat. Ik heb het onlangs nog laten stemmen. Moet u zich voorstellen, het heeft me wel twintig lire gekost.'

De Pianist fronst. Zei ze twintig of twintigduizend?

'En behalve ik heeft nooit iemand hem gebruikt,' voegt het oudje eraan toe.

En inmiddels is het... is het...

Het lijkt wel of ze iets zoekt wat in de kamer zweeft, het aantal jaren dat ze er al niet meer op speelt. Ze vindt het niet.

Al in geen jaren speelde ze er meer op. Ze kon het niet meer.

'Mijn vingers, artrose, weet u...' zegt ze.

De Pianist knikt.

Maar ze zou graag wat muziek willen horen, zegt het oudje.

'Het liefst nu.'

Als hij...

'Ik?' schrikt de Pianist.

'Nee, natuurlijk niet,' stelt het oudje hem gerust.

Ze eist absoluut niet dat hij de muziek voor haar speelt die zij overal hoorde, die ze na jaren van eenzame studie heeft leren spelen. Muziek die ze nooit heeft opgeschreven, haar liefdesleven dat spontaan uit haar vingers opwelde. Die muziek is inmiddels verloren gegaan, geëindigd in de oren van haar vader en moeder, vervlogen tussen de huizen hier in de buurt, verdwenen in de ogen van hen die, als ze speelde, onder haar raam gingen staan luisteren. Geofferd

op het altaar van de aardse liefdes die ze nooit had gewild omdat ze haar enige, ware, grote liefde niet kon
bedriegen.

'Maar misschien een walsje, een mazurkaatje. Zelfs
een militaire mars is goed,' stelt het oudje voor.

Ze zou het graag willen horen. Al was het maar om
de monotonie van haar stem, en van de stilte te door-
breken.

'Hoort u het ook, hoe stil het is?'

Nou en of, antwoordt de Pianist.

Het is doodstil.

Minstens een meter sneeuw, buiten.

Het feest afgelopen nog voor het begonnen is. Geen
enkele slag geslagen, de trein vertrokken. En nu begint
de kou ook nog langs zijn benen omhoog te trekken.

En die gek wil dat hij piano gaat spelen!

Zo gek krijgt ze hem niet!

De Pianist windt er geen doekjes om.

'Ik kan niet spelen,' zegt hij met iets vals in zijn
stem.

Het oudje slaat een hand voor haar mond.

'Echt niet?'

Ze is verbaasd.

'Echt niet,' bevestigt hij.

'Jammer,' zegt het oudje.

Maar één ding heeft ze wel begrepen, ze heeft begrepen dat hij ermee wil beginnen.

'Met wat?' vraagt de Pianist.

'Met spelen,' antwoordt ze.

Met die mooie, lange, perfecte pianistenhanden heeft hij eindelijk besloten te gaan leren spelen. En zij is buitengewoon blij dat hij haar vleugel heeft uitgekozen om het op te leren.

'Bovendien is het niet moeilijk,' legt ze uit.

Je moet gemotiveerd zijn, en oefenen, veel oefenen. Je moet nooit de moed verliezen.

Zij heeft ook nooit de moed verloren. Zelfs niet toen de buren bij haar ouders kwamen klagen over de voortdurende, zenuwslopende oefeningen die ze acht, tien uur elke dag speelde: noodzakelijk om zich de techniek eigen te maken, anders had ze nooit haar muziek kunnen uitdrukken.

'U moest eens weten hoe vaak ze zijn komen klagen!' zegt het oudje, en er ontsnapt haar een flauw glimlachje.

En niet altijd ten onrechte, dat moet ze toegeven.

Steeds maar weer die toonladders, en nog een keer, en nog een keer...

Maar toen ze het eenmaal geleerd had, toen ging zelfs haar vader, als hij uit de slagerij kwam, aan de tafel zitten en zei dan speel eens wat voor me. En zij bedacht iets voor hem. En later, toen haar vader er niet meer was, was het haar moeder die tegen haar zei speel eens wat voor me want je vader luistert mee. En nog later, toen ook haar moeder er niet meer was, waren het de buren die tegen haar zeiden speel eens wat voor ons, want ook je vader en je moeder luisteren mee.

Ze heeft nooit geweigerd. De muziek kwam zo uit haar vingers. Het was gemakkelijk.

'Het is gemakkelijk,' zegt het oudje en staat op.

De Pianist volgt haar met zijn ogen maar maakt zich niet druk. Hij weet wat haar bedoeling is. Ze loopt niet naar het raam maar naar de piano.

Dat doet ze inderdaad.

'Ik ga hier zitten,' zegt ze.

Ze pakt een stoel en zet die voor het instrument.

Haar arme, door artrose verwoeste handen, zegt ze, beletten haar te spelen. Maar niet om hem aan te wijzen wat hij moet doen, hoe hij over de toetsen moet glijden. Om hem te laten zien hoe gemakkelijk het is om piano te spelen.

'U moet de klep nooit open laten staan,' zegt ze. 'Dan komt er stof tussen de toetsen, en daalt neer op de snaren, waardoor de toon verandert. Denkt u daarom!'

Eerste les, voegt ze er glimlachend aan toe.

'En neemt u nu plaats op de kruk,' gebiedt ze.

De Pianist kijkt naar zijn mooie, lange dievenvingers. Hij strekt ze eens goed uit. Geen idee wat hij nu moet doen.

'Zullen we beginnen met een walsje?' vraagt de oude vrouw.

Alles is beter dan de stilte die van buiten komt, denkt de Pianist.

Maar het is niet meer dan een gedachte.

De sergeant geeft het bericht door aan de brigadier.

'Ga jij eens even kijken,' zegt hij. 'Die lui eten en drinken en horen dan piano's spelen,' voegt hij er lachend aan toe.

De brigadier is lang, knap, mager en heeft een donkere huid. Hij laat het zich geen twee keer zeggen, en gaat er snel vandoor. Hij heeft zijn buik vol van in de kazerne zitten kaarten met zijn superieur. Al vindt hij er niets aan, toch is hij beter. Maar hij moet hem bijna altijd laten winnen, de sergeant wordt pissig als hij verliest.

Hij is nu twee jaar in Bellano, en weet dat het op driekoningenavond altijd een bende is. Maar een geregelde bende. Dronkaards, zoveel als je maar wilt. Maar afgezien daarvan niets bijzonders.

In de poortdeur van de kazerne blijft hij staan omdat de stoet net langs komt. Gelukkig is het opgehouden met regenen en sneeuwen. Hij staat daar te kijken naar de Drie Wijzen die links en rechts met snoepjes strooien. De mensen schreeuwen en zingen. De kapel speelt een wat treurig lied; maar in alle feesten, overweegt de brigadier, zit al de aankondiging van het einde ervan. Bovendien is het driekoningenavond, de dag daarna wordt er schoon schip gemaakt.

Hij staat daar nog, in de poortdeur van de kazerne als hij van bovenaf wordt toegeroepen. De sergeant is voor het raam gaan staan om naar de stoet te kijken.

'Wat doe je?' vraagt die.

'Ik ga al,' antwoordt de brigadier.

Hij gaat op weg en bedenkt met tegenzin dat hij bij terugkeer weer die gehate speelkaarten moet oppakken om de tijd tot twee, drie uur 's nachts te doden, als de laatste lichten van het feest gedoofd zijn.

Via Manzoni 27, familie De Santi.

Ze hebben het geluid van de piano horen komen uit het appartement van de buren, zei de sergeant.

Mazurka's, walsen.

En waarom zijn ze niet gaan dansen op die muziek, in plaats van de carabinieri lastig te vallen?

Het is toch een feestavond, of niet soms?

De familie De Santi, twee personen, man en vrouw, is helemaal niet dronken, stelt de brigadier meteen vast.

Nee, het feest kan ze zo te zien geen bal schelen, want ze vertonen zich aan de brigadier in pyjama en kamerjas.

Mijnheer De Santi is een klein, rond mannetje, met grijs haar, om en nabij de zeventig, met wallen onder zijn ogen, korte armen, de mouwen van zijn kamerjas zijn omgeslagen.

Van mevrouw De Santi kan de brigadier de leeftijd niet schatten: zestig, maar net zo goed zeventig. Ze is langer dan haar man, ze houdt haar kamerjas met één hand tegen haar hals gedrukt.

Ze wacht tot haar man begint te praten en dan valt ze in. Ze leggen hem alles op die manier uit, de man de ene helft van de zin, de vrouw de andere helft.

Ze zijn zeker van hun zaak want ze wonen daar al twintig jaar, sinds de kinderen, ja twee, getrouwd zijn en naar Milaan zijn verhuisd. De neef heeft ook aan hen gevraagd of hij de huissleutels bij hen kon achterlaten, maar daar hadden ze geen zin in, ze willen geen verantwoordelijkheid.

'Welke neef?' vraagt de brigadier.

De neef van juffrouw Gioietta Ribaldi, de eigenaresse van de piano, legt het stel uit, met één stem.

Dus heeft hij ze in bewaring gegeven aan de schoenmaker, hier tegenover.

'De sleutels?' vraagt de brigadier.

'Jazeker,' bevestigt het stel in koor.

'Goed, ik zal poolshoogte gaan nemen,' zegt de brigadier. 'En dank u voor uw medewerking,' voegt hij eraan toe.

'Graag gedaan,' zegt het stel, unisono.

Gemakkelijk, totdat het oudje in slaap valt.

Tot dan toe gemakkelijk.

Alsof...

Maar zal iemand hem willen geloven? denkt de Pianist.

Vast niet.

Zoiets kan je alleen denken. En ook met die gedachte niet te hard van stapel lopen.

Alsof de handen van het oudje in zijn handen waren gekropen.

Alsof die hadden gespeeld, en hij ze alleen aan haar had geleend.

Gemakkelijk, tot dan toe.

Maar dan valt ze in slaap. Haar hoofd knakt voorover, zoals dat bij oude mensen gaat.

De Pianist merkt het omdat zijn vingers niet meer
zo bewegen als eerst, toen zij hem leidde. Hij houdt
op met spelen. Het zijn nu lukrake noten, vals.

Hij kijkt naar haar, en ziet dat ze in slaap is gevallen.

Bon, zegt hij, en slaat de toetsen niet meer aan.

Een plotselinge stilte, koud.

God mag weten hoe laat het inmiddels is.

Hij moet ook ontzettend nodig plassen.

Zachtjes staat hij op, heel zachtjes. Het moet er nog
bij komen dat ze wakker wordt en weer over haar piano
begint.

Op zijn tenen sluipt hij naar de voordeur.

Hij kijkt nog even om om een laatste blik op het
oudje te werpen, of ze doorslaapt.

Het moet er nog bij komen dat ze nu wakker wordt
en begint te gillen.

Maar ze slaapt.

De Pianist doet een stap buiten de deur.

En botst ergens tegenop.

De Pianist is een goeie tien centimeter korter dan de brigadier. Hij botst met de punt van zijn haakneus tegen de bovenste knoop van het uniform en vloekt. Aanvankelijk begrijpt hij niet wat er aan de hand is. Dan voelt hij dat een hand hem in de kraag grijpt. Het is de hand van de brigadier. Met zijn andere hand tast de carabiniere de muur af op zoek naar een lichtknopje. Dat is er niet. En hij heeft ook geen zaklantaarn of een aansteker bij zich.

'Wat moet dat, jongeman?' wil de brigadier weten.

De Pianist is in zijn eigen woonplaats al een paar keer in handen van de carabinieri gevallen. Daar heeft hij één ding van geleerd, je moet altijd alles ontkennen. Zij moeten de bewijzen leveren, die hoeft hij ze echt niet te geven.

'Hoezo?' vraagt hij. Maar zijn stem trilt een beetje.

'Wat doe je hier?'

Goede vraag, denkt de Pianist.

'Ik ga de deur uit,' antwoordt hij, al was het maar om tijd te winnen.

'Woon je hier?' vraagt de brigadier.

Hier wonen, denkt de Pianist.

Waarom niet?

Ja, natuurlijk woonde hij hier. En bedankt carabiniere dat je mij het juiste antwoord hebt geboden.

Hij woonde hier, en stond op het punt de deur uit te gaan om een beetje feest te vieren. Dat was toch zeker niet verboden?

'Sinds wanneer?' vraagt de brigadier, met de Pianist nog stevig in de kraag gevat, een ijzeren greep.

'Uhh...' twijfelt de Pianist.

Een week, zo ongeveer.

De brigadier laat zijn greep niet verslappen. Ondertussen denkt hij na over wat de De Santi's hem verteld hebben. Dat ze niet de verantwoordelijkheid voor de sleutels hadden willen nemen, hun neus niet in andermans zaken hadden willen steken enzovoort, enzovoort. Het is dus heel voor de hand liggend dat ze er niet zo veel van weten. Ze hadden piano horen spelen en hebben de carabinieri gebeld, meer niet.

'Naam en achternaam,' vraagt de brigadier. Er komt niets anders bij hem op om een beetje tijd te winnen, om te beslissen wat hij moet doen.

De Pianist geeft zijn naam en achternaam op. Allebei vals. Ze zijn van een vriend van hem, die een jaar daarvoor is overleden, in een motorongeluk.

'Nooit van gehoord,' zegt de brigadier.

'Maar als ik hier pas net ben...' verdedigt de Pianist zich.

De brigadier kan maar niet beslissen wat hij moet doen.

De schoenmaker, bedenkt hij.

Alleen hij kan voor hem helderheid scheppen. Alleen hij kan bevestigen dat het huis inmiddels is verhuurd aan dit warhoofd, de jongeman die hij nog steeds bij de kraag heeft.

'We gaan,' zegt hij.

'Waarheen?' vraagt de Pianist.

We gaan en daarmee uit.

Maar dan staat hij ineens stil.

'Wat is er?' vraagt de Pianist.

'Doe je de deur niet op slot?'

De Pianist haalt zijn schouders op.

'Er valt toch niets te stelen,' antwoordt hij, zeker van zijn zaak.

'En de piano dan?' vraagt de brigadier glimlachend.

'Ik moet nog zien dat ze die van me kunnen pik-ken,' antwoordt de Pianist, alsof die echt van hem is.

Ze lopen naar buiten.

Nog geen centimeter sneeuw.

Mensen op straat, die zingen en dansen.

Kruiken en flessen gaan van hand tot hand. De geur van bisschopswijn en *trippa* is nog sterker. De hemel kleurt oranje door het vreugdevuur dat op de kade is aangestoken.

De Pianist staat versteld.

'Nooit een feest gezien?' vraagt de brigadier.

Dan weerklinken de slagen van een kerkklok.

Hoe laat is het?

'Half elf,' meldt de brigadier.

Half elf? Nog een half uur voordat de laatste trein vertrekt. De verleiding is groot. De brigadier is volgens hem niet zo streng, en ook niet gemeen. De verleiding hem te vragen of hij mag gaan, om de trein te nemen, naar huis, en dan weg.

Maar hij heeft hem net nog verteld dat hij hier woont. Hij heeft zich eigenhandig in de stront gewerkt. Als hij hem zoiets zou vragen zou die kerel meteen doorhebben dat hij hem wilde bedonderen. Hij zou argwaan krijgen.

Dat kan je niet maken, klaar, eigen schuld.

De Pianist zwijgt.

De brigadier heeft zijn hand van zijn nek gehaald.

'Kom,' zegt hij.

De schoenmaker woont boven de winkel. De brigadier belt aan bij de huisbel.

Er gaat een raam open.

Waarin een vrouw verschijnt, het is de vrouw van de schoenmaker.

'Ik zou uw man graag willen spreken,' zegt de brigadier, met enige stemverheffing.

'Mijn man?' vraagt de vrouw.

Haar gezicht is bleek, alsof ze geschrokken is.

Haar man voelt zich niet goed, antwoordt ze, misschien moet ze de dokter laten komen.

Stomdronken. De schoenmaker is vanuit de winkel op handen en voeten de binnentrap opgekropen. Eenmaal in de gang is hij zonder zelfs maar even in de keuken te komen, zonder zelfs maar goeiedag te zeggen, want hij was toch niet in staat ook maar een stom woord uit te brengen, in de slaapkamer terechtgekomen en daar in slaap gevallen. Niet op zijn bed, het was hem niet gelukt erop te klimmen. Op het vloerkleed. Daarna heeft zijn vrouw, met behulp van een buurvrouw, hem onder de wol kunnen krijgen. Met zijn kleren aan.

Ook dit jaar is het weer achter de rug, heeft de vrouw gedacht, het feest is gevierd, voorbij.

Het is altijd zo gegaan, sinds ze hem kent, elk jaar. Verder doet haar man het altijd kalmpjes aan, zo braaf als een engel. Af en toe een glas wijn, dat wel. Maar dronken, nooit. Alleen op driekoningenavond.

Op driekoningenavond is hij in de greep van iets vreemds, een hersenspinsel, een manie. Ze kan het niet anders verwoorden. Maar ze kent het inmiddels maar al te goed, ze kent de betogen die haar man die dag houdt. Elke keer vertelt hij haar dat die avond een soort laatste avond van de wereld, van het dorp is. Dat als het dorp moet sterven, het die avond zal sterven. Dat alle doden, die van de familie, maar ook de andere, die van vroeger tijden, die van het begin der tijden, uit hun graf opstaan om feest te vieren: het laatste feest van de laatste levensdag van het dorp. En door te drinken kan hij ze zien en beter zien, steeds beter zien.

Of hij ze ooit gezien heeft, die doden uit vroeger tijden, dat zou ze niet weten want als de schoenmaker op driekoningenavond thuiskomt is hij zo van de wereld dat hij niets ziet, niets hoort, niets zegt. Even goed slapen en de dag daarna lijkt het of er niets is gebeurd.

Maar ze kan toch niet tegen de brigadier zeggen dat haar man op die dag de doden ziet en nu dronken, bewusteloos in bed ligt, en dat hij nog met geen kanonschot wakker te krijgen is.

Hij heeft vanmiddag een koliekaanval gehad, zegt ze, en nu slaapt hij verdoofd door bepaalde middelen. Het spijt haar, maar als het nodig is zult u morgen terug moeten komen. Zij weet niets van haar mans zaken.

Ze excuseert zich.

Neemt u mij niet kwalijk, zegt de brigadier. En: 'We gaan,' tegen de Pianist.

'Waarheen?' vraagt die.

'Waarheen denk je?' is het antwoord van de brigadier.

Naar de kazerne.

De Pianist begint te vrezen dat hij in de penarie zit.

De sergeant heeft inmiddels drie spelletjes patience gespeeld. Volgens hem heeft de brigadier het een beetje te kalmpjes aan gedaan. Als die weer binnenkomt is hij net aan zijn vierde spelletje begonnen. De brigadier groet, kijkt naar de kaarten op tafel en voelt dat hij ze nog meer haat dan ooit.

Gelukkig, denkt hij, hebben we een klein raadsel op te lossen, dus zal hij die avond geen kaart meer hoeven aanraken.

'En?' vraagt de sergeant.

'Ik weet het niet,' antwoordt de brigadier.

Hij is alleen met zijn meerdere. De Pianist heeft hij beneden gelaten, in de gaten gehouden door de wacht.

'Hoe bedoel je?' vraagt de sergeant.

Hij heeft de schoppenkoning in zijn hand, en wappert ermee.

'Werd er nou wel of geen piano gespeeld?'

'Ik heb het niet gehoord,' antwoordt de brigadier.

Maar...

Maar wat? vraagt de sergeant. 'Was er iemand in dat huis?' dringt hij aan.

In het huis niet, antwoordt de brigadier. Eerlijk

gezegd heeft hij daar niet eens gekeken. Maar hij heeft wel iemand aangehouden.

'Iemand, wie dan?' vraagt de sergeant.

Iemand die zegt dat hij daar sinds een week woont, zo ongeveer. De De Santi's hadden hem niets kunnen vertellen over nieuwe huurders. De enige die de kwestie had kunnen bevestigen was de schoenmaker en die is ziek, in bed, geveld door een koliekaanval. Het leek hem niet gepast om aan te dringen en hem toch te ondervragen. Dus, omdat hij niet wist wat hij moest doen had hij de persoon, die nu beneden is, maar opgepakt.

'Wie is het?' vraagt de sergeant.

'Nooit gezien,' antwoordt de brigadier. 'En hij heeft ook geen papieren bij zich.'

Hij heeft verklaard ene hoe-heet-ie-ook-weer te zijn, meldt de brigadier.

De sergeant kijkt hem glimlachend aan.

'Ik weet niet meer welke namen hij gaf,' legt de brigadier uit.

De sergeant gooit de schoppenkoning op het bureau, waardoor de kaarten een beetje een rommeltje worden.

'Laten we maar eens proberen wat duidelijkheid te krijgen,' briest hij.

De klok slaat elf uur.

Dag trein, denkt de Pianist.

'Laat hem boven komen,' beveelt de sergeant.

'Ik moet eerst even plassen,' zegt de Pianist.

De wacht heeft hem net gezegd dat de sergeant hem boven verwacht, in zijn kantoor. Hij begeleidt hem naar de cel, en laat hem in de emmer plassen. Alleen al daar naar binnen gaan bezorgt de Pianist kippenvel. Als hij naar buiten komt voelt hij zich opgelucht.

Hij heeft nu mooi wel een lege blaas. Maar ook een sergeant die op hem wacht en vragen zal stellen. Wat een schijtzooi. Hij loopt de trap op, als eerste, de wacht achter hem, zo zijn de regels.

De wacht klopt aan, de sergeant antwoordt, de Pianist gaat naar binnen. Met zijn haakneus snuift hij de geur van inkt en papier op. Hij maakt een gebaar naar de brigadier, in de hoop op een reactie. De brigadier vertrekt geen spier. Dan kijkt hij naar de sergeant. De sergeant kijkt naar hem. Het is een bikkel van een man, de sergeant. Hij heeft een stalen blik. Zo nauwlettend bekeken voelt de Pianist zich lelijk, nog lelijker dan hij in werkelijkheid is. En sjofel, onwelrie- kend. Het voelt alsof hij uit een stinkende poel is ge- kropen, algen en kroos heeft gegeten. Hij proeft haast de smaak ervan in zijn mond.

De sergeant kijkt naar hem, neemt hem de maat. Daarna kijkt hij weer naar de kaarten die op tafel lig- gen.

'Hoe zei je ook alweer te heten?' vraagt hij, zonder zijn blik op te richten. Hij verplaatst de kaarten, één voor één.

De Pianist had er iets om kunnen verwedden dat dat de eerste vraag zou zijn.

Hij kan er niet onderuit, hij heeft tegen de briga- dier gelogen, en moet dat weer tegen de sergeant doen.

Hij geeft de valse naam op, die van zijn dode vriend.

'We zullen het uiteraard natrekken,' zegt de ser- geant, met zijn blik nog altijd op de tafel gericht, zijn handen nog altijd bezig de kaarten één voor één te verleggen.

Dan wordt er een tijdje niets gezegd. De Pianist staat daar maar, roerloos, een paar stappen van de deur vandaan. Hij voelt dat zijn neus rood is, zijn oren bevroren. Op een gegeven moment staakt de sergeant die halve-cirkelbeweging waarmee hij de kaarten van de ene plaats naar de andere verlegt. Hij pakt er een. Hij houdt hem tussen twee vingers vast. Laat die aan hem zien.

'Jij bent net als deze, daar zit niemand op te wachten,' zegt hij, terwijl hij zijn blik op hem richt.

Het is de schoppentwee.

'Dat is waar,' bevestigt de Pianist.

Hij zou wel kunnen huilen.

'Dat weet ik,' zegt de sergeant. 'En nu ga je ons alles vertellen,' voegt hij eraan toe. 'Brigadier, neemt u plaats,' zegt hij ook nog.

De brigadier gaat zitten.

In het kantoor is de Pianist de enige die nog staat.

Ik kan hem beter de zaak uitleggen zoals het is, overweegt de Pianist. Met wat onzin ertussendoor, een kleinigheid, die de geloofwaardigheid van het verhaal niet aantast. Want al met al heeft hij in feite niets gedaan, geen enkel misdrijf gepleegd. En als de sergeant begrepen heeft dat hij hem niet zit te bedonderen, dat hij de waarheid vertelt, zal hij hem laten gaan. Hij is bereid alles te ondergaan, preken, oorvegen, een schop onder zijn kont. Wat doen carabinieri met mensen op wie niemand zit te wachten?

De Pianist kucht om zijn stem terug te krijgen.

Hij zegt:

'Mag ik?'

'Je moet,' antwoordt de sergeant.

Over zijn gezicht hangt een zweem van een glimlach, van hem verwacht hij alleen leugens. De Pianist strekt zijn handen, spreidt zijn vingers.

'Ziet u die, mijnheer de sergeant?' vraagt hij.

Die maakt niet eens aanstalten om iets te zeggen. Hij trekt zijn wenkbrauwen op. De flauwe glimlach verdwijnt van zijn gezicht.

Slecht teken, denkt de Pianist, slecht begin.

Ik wilde..., zegt hij.

Hij wilde hem alleen zijn mooie handen laten zien, de lange, slanke vingers, hij legt uit, praat te snel.

Pianistenhanden.

Dus kon hij geen weerstand bieden. Toen hij het

bord 'Vleugel te koop' zag, wilde hij, moest hij die zien.

Ooit een piano te hebben, daar droomt hij van.

'Misschien, dacht ik, gaat hij voor weinig weg,' zegt hij.

'Of voor niets,' zegt de sergeant.

'Nee hoor,' laat de Pianist weten.

Hij is alleen naar boven gegaan en heeft aangeklopt.

'En toen?'

Toen werd er opengedaan.

'Door wie?'

Door die oude vrouw.

'Aha,' zegt de sergeant, 'die!' En glimlacht.

De Pianist glimlacht ook.

'En toen?'

Toen... eenmaal tegenover haar... begreep hij...

'Wat?' vraagt de sergeant.

De Pianist brengt zijn wijsvinger naar zijn slaap.

'Zeker, zeker,' stemt de sergeant in.

En tegen de brigadier die op het punt staat iets te zeggen:

'Een momentje.' Hij zal later zijn zegje mogen doen, gebaart hij met zijn vinger.

Zijn blik keert terug naar de Pianist.

'Kortom, je stond ineens tegenover de oude vrouw, die een beetje getikt is en...'

'Niets,' zegt de Pianist.

Ze vroeg hem binnen, ze hebben een tijdje gepraat, over de piano gepraat. Toen vroeg ze hem iets te spelen.

'U weet hoe het is, sergeant,' zegt de Pianist, wat meer op zijn gemak. Met gekken kan je beter rustig omgaan, ze altijd gelijk geven.

En dat heeft hij gedaan.

'Hoe bedoel je?' vraagt de sergeant.

Hij is aan de piano gaan zitten, zegt de Pianist. Hij heeft iets gespeeld om de oude vrouw tevreden te stellen. Die toen op een gegeven ogenblik in slaap is gevallen, dus is hij opgestaan om weg te gaan en botste bij de voordeur tegen mijnheer de brigadier op. Aan wie hij allerlei nonsens heeft verteld, dat weet hij, zijn excuses daarvoor, het spijt hem maar hij wist zo ineens, overvallen als hij was, niet wat hij moest zeggen, hij is ook zo geschrokken...

'Maar ik heb niets slechts gedaan, alleen een beetje piano gespeeld.'

Daarmee de buren gestoord, dat wel.

Tot het oudje in slaap viel.

'Juist ja,' zegt de sergeant.

Ja, ja, ja.

'Brigadier!'

'Tegen mij heeft de verdachte verklaard sinds circa een week in dat huis te wonen,' antwoordt de brigadier.

De sergeant slaat zijn armen voor zijn borst, en leunt achterover in zijn stoel.

'Een leugen, kortom.'

'Ja, maar...' probeert de Pianist.

'Dan komen we nu bij de tweede,' kapt de sergeant hem af, alsof hij hem niet gehoord heeft.

De tweede leugen.

'Wat betreft de slaap van de een beetje getikte oude vrouw.'

'Ik zweer u, sergeant...'

Dat slapen dat klopt wel, legt de sergeant uit.

Maar wel een bijzonder soort slapen.

'Het wordt wel de eeuwige slaap genoemd,' zegt de sergeant. 'Ooit van gehoord?'

'Eeuwige slaap,' mompelt de Pianist.

Ja, hij weet wat dat betekent.

Maar het oudje is pas in slaap gevallen toen hij speelde. Hij heeft haar door haar mond horen ademen. Misschien had hij haar wakker moeten maken en terug naar bed brengen. Misschien had hij haar daar niet zo achter moeten laten, op de stoel. Maar hij was bang dat ze weer een hoop verhalen zou gaan vertellen...

'Jij bent degene die ons een hoop verhalen vertelt,' sist de sergeant.

De Pianist wil daar wat tegenin brengen. Het lukt hem niet.

Want de pianolerares Gioietta Ribaldi, gaat de sergeant door, zo heette de een beetje getikte oude vrouw in het huis waar hij naar binnen is gegaan...

'En straks wil je misschien zo vriendelijk zijn te vertellen waarom.'

... de pianolerares Gioietta Ribaldi, ongetrouwd, gediplomeerd musicienne, is al ruim een jaar geleden gestorven, in het bejaardentehuis van Albese con Cassano, aangezien ze in het dorp geen familie had die voor haar kon zorgen, behalve een neef die in Milaan woont en de enige erfgenaam is.

Dus moet de jongeman goed beseffen dat zij twee-en, brigadier en sergeant, al zijn ze carabinieri, absoluut niet kunnen geloven dat hij piano heeft gespeeld voor een vrouw die al meer dan een jaar geleden gestorven is.

'En wat heb je ons nu nog verder op de mouw te spelden?' vraagt de sergeant.

De Pianist heeft het koud.

'Denk goed na voordat je antwoord geeft,' waarschuwt de sergeant hem, 'want in de stront zit je toch al en wij hebben de tijd.'

Een val.

Achter de woorden van de sergeant gaat een valstrik schuil, dat kan niet anders. De Pianist kan niet bedenken welke. Maar het moet wel. De sergeant speelt met hem, als een kat met een muis. De muis kan elk moment in de val lopen.

Hij moet iets zeggen. Zijn woorden wikken en wegen. Als hij tenminste echt wat gedaan had, kon hij dat toegeven. Als hij tenminste maar iets gestolen had, kon hij dat zeggen.

Maar hij heeft niets gedaan.

Behalve luisteren naar de verhalen van die oude

vrouw over de muziek die overal in zit, in de stappen van de mensen, in de woorden die ze op straat wisselen, die muziek die ze haar hele leven gespeeld heeft voor haar vader en moeder en daarna voor de buren en god weet voor wie allemaal nog meer. Haar hele leven doorgebracht in die kamer om de muziek te spelen die in haar vingers zat, om pianoles te geven, behalve...

De gedachtegang van de Pianist bevriest.

Behalve, zei het oudje op een gegeven ogenblik. Ze heeft het gezegd, hij heeft het gehoord.

Ze zei behalve, en toen, maar laten we het daar niet over hebben.

Behalve de periode dat ze haar in het bejaardentehuis hebben gestopt?

Was dat wat ze wilde zeggen en niet heeft gezegd?

Haar hele leven doorgebracht in dat huis, behalve de periode dat ze in het gesticht zat.

Waar ze vervolgens is gestorven, zei de sergeant.

De muis steekt bijna zijn kop in de val.

'Verdomme!' valt de sergeant uit.

Daarnet zei hij dat de brigadier en hij alle tijd hadden.

De Pianist schudt zichzelf wakker. Even is hij zelfs vergeten waar hij is.

'Maar ik bedoelde daarmee niet dat we van plan zijn de rest van ons leven hier in de kazerne te gaan zitten wachten tot jij besluit de waarheid te vertellen,' stelt hij vast. 'En geen verhaaltjes over geesten!' voegt hij er glimlachend aan toe. 'Dat valt niet onder de bevoegdheid van de carabinieri.'

De Pianist trekt zijn kop uit de val, het is niet het moment om te proberen te begrijpen wat er gebeurd is.

'Goed,' zegt hij.

En hij strekt weer zijn mooie handen met die lange, slanke vingers naar de sergeant uit.

'Alweer!' zegt die.

Het is de schuld van die handen, mooie pianistenhanden. Dat heeft iedereen altijd gezegd, ook de priester van zijn parochie. Lange, soepele, slanke vingers. Gemaakt om te spelen.

Hij was er al gauw achter gekomen dat muziek zijn ware passie was. De muziek die overal was, in het meer, en de hemel, in de bergen, in de sterren. Maar ook in de stappen van de mensen op straat, in de woorden die ze wisselden...

'Ja, ja,' zegt de sergeant. En maakt met zijn vingers het gebaar dat hij moet kappen.

'Wat heeft dat er allemaal mee te maken?' vraagt hij.

Het heeft er alles mee te maken, zegt de Pianist, omdat elke keer als hij in de buurt van een piano komt hij geen weerstand kan bieden aan de opwelling de toetsen aan te slaan, de muziek te spelen die hij van binnen hoort, muziek die nooit ergens is opgeschreven maar die spontaan in hem opwelt. Alleen heeft hij nooit een piano gehad. Maar als er toevallig een op zijn pad komt, moet hij er per se op spelen.

Zo is het die avond ook gegaan. Hij zag het bord 'Vleugel te koop', is de trap op gelopen, heeft aangeklopt, er kwam geen reactie, de deur bleek open te staan, hij gluurde naar binnen, zag de piano...

'De rest weet u,' besluit de Pianist terwijl hij zich tot de sergeant en de brigadier wendt.

Die kijken elkaar aan.

'Zou het waar zijn?' vraagt de sergeant aan het plafond.

Of zou het niet eerder de derde van een god mag

weten hoe lange serie leugens zijn? vervolgt hij op een zangerige toon.

'Het is de waarheid,' liegt de Pianist. De oude vrouw was er, ze heeft met hem, via hem piano gespeeld, maar dat kan hij beter niet zeggen.

Hij kan proberen te ontsnappen, denkt de Pianist.

Ze zijn buiten. Niet meer opgesloten in de verstikkende sfeer van het kantoor van de sergeant. Niet meer onderworpen aan zijn ironische en onverbiddelijke blik. Met de stilte van de brigadier in zijn nek, waar eerder zijn hand had gelegen.

Buiten.

Het is half twaalf onder de besterde nachthemel. De optocht van de Drie Wijzen is afgelopen. Het feest speelt zich nu binnen af, in de huizen, in de wijnlokalen en in de zalen waar gedanst wordt. Uit de brandstapel op de kade laaien nog vlammen op. Alleen of in groepjes lopen nog een paar mensen op straat, maar alsof ze niet langer een doel hebben. Alsof ze maar nauwelijks kunnen geloven dat het feest voorbij is. In Via Manzoni zijn bijna alle ramen donker maar er weerklinkt nog het geluid van een paar trekharmoni-ca's uit de naastgelegen club voor werklieden, waar het feest tot aan zonsopgang zal doorgaan.

Dat is toegestaan, zegt de sergeant tegen de briga-dier: een speciale vergunning van de prefectuur om tot vier uur 's ochtends te blijven spelen.

De Pianist loopt tussen hen in en denkt aan ont-snappen. Hij kan het op een lopen zetten, dat voelt hij in zijn benen. Over de sergeant maakt hij zich geen zorgen, die heeft een buik, en zal echt niet ach-ter hem aan gaan. Eerder de brigadier, die is lang, heeft lange benen.

Hij haalt diep adem, koude lucht die zijn longen binnendringt, het doet bijna pijn. Maar het is een fijn soort pijn. Zuurstof voor de hersenen. Hij heeft het spel van de sergeant door. Hij heeft de kaarten op zijn bureau zien liggen. De sergeant vindt het leuk om te spelen, hij houdt van gokken. Met hem heeft hij het-zelfde gedaan. Hij heeft een valstrik gespannen, hij heeft gebluft. Het verhaal van de dode pianiste. God mag weten wat hij ermee wil bereiken, hoe ver hij wil gaan. Maar het is duidelijk dat hij al weet dat hij ver-loren heeft.

Niks vluchten, denkt de Pianist.

Straks zullen ze haar huis binnengaan, haar wakker maken, zij zal alles uitleggen, al zou dat wel eens de hele nacht kunnen duren, de sergeant zal met zijn mond vol tanden staan en hem vervolgens laten gaan. Hij zal zich niet verontschuldigen, wat kan het schelen.

Niks vluchten. Dat zou een schuldbekentenis zijn voor iets wat hij niet gedaan heeft.

Ze lopen de passage in, gaan door het hekje heen, lopen twee trappen op, staan voor de deur van het huis.

'Jeuken je vingers al?' vraagt de sergeant.

Pas dan denkt de Pianist eraan: waarom kon hij ineens piano spelen?

Peertjes van vijfenwintig watt.

'Een kerkhof,' is het commentaar van de sergeant.

Hij gaat aan de tafel zitten en kijkt even om zich heen. Hij nodigt de brigadier uit hetzelfde te doen, ga zitten.

'Bij een concert moet je comfortabel zitten,' zegt hij.

De Pianist staat. Zijn blik gericht op de deur van de

andere kamer, waaruit eerder licht kwam, waar in de deur het oudje verscheen. Hij wacht op haar.

'Gaat uw gang, maestro,' zegt de sergeant.

En voegt eraan toe:

'Dit is uw moment.'

Er is geen streepje licht, de deur gaat niet open, er verschijnt geen enkele oude vrouw. Hij heeft geen moment te verliezen, de sergeant is ongeduldig.

'Ja,' zegt de Pianist.

Hij weet het. Maar beweegt zich niet, blijft staan, wacht op dat licht dat niet aangaat, op de oude vrouw die niet verschijnt. Nogal wiedes, denkt hij, ze is dood, de sergeant heeft gelijk, niks valstrik, de oude vrouw is een jaar geleden gestorven, en hij...

Hij kan beter praten, bedenkt de Pianist. Bekennen. Zeggen dat hij geen flauw benul heeft van wat je met een piano aan moet.

'Eerlijk gezegd...' begint hij.

Maar de sergeant steekt zijn hand omhoog.

'Ik weet wat je me wilt zeggen.'

Als hij denkt dat hij hem er tot nu toe in heeft kunnen laten tuinen dan vergist hij zich schromelijk, zegt hij.

Zijn soort sukkels, zegt hij, kent hij door en door.

Maar nu moet hij op de kruk gaan zitten en een paar stukjes spelen, een mazurka of een walsje, ofzo.

'Hoor je het overigens niet?' zegt hij nog. En hij steekt zijn hoofd naar voren om wat hij wil gaan zeggen meer nadruk te geven.

Hoort hij de ondoordringbare stilte niet die plotseling in de kamer is neergedaald?

Geen enkel geluid, zelfs niet dat van de trekharmonica's uit de club.

Geen enkele stem op straat.

Helemaal niets.

'Of iedereen dood is?' grapt de sergeant.

Niet erg waarschijnlijk...

Misschien staat het hele dorp te wachten op zijn concert. Is iedereen stil om naar hem te luisteren.

Beseft hij wat een eer dat is? grapt de sergeant zonder te lachen, vreselijk in dat absurde licht van de vorige eeuw.

'Een ware publiekstrekker, nietwaar brigadier?' zegt hij.

De brigadier heeft slaap, die hele komedie komt

hem de strot uit. Uit gewoonte zegt hij ja, terwijl de eerste noten van een walsje de stilte van de kamer binnenstromen.

De Pianist kan het niet verklaren. Wil het ook niet kunnen verklaren. Als hij maar kan spelen. Hij weet dat de handen die over de toetsen glijden niet van hem zijn. Daarom kijkt hij er ook niet naar. Hij is bang dat als hij naar ze kijkt ze zullen stoppen. Hij laat ze hun gang gaan. Hij probeert te ontdekken wat er achter zijn rug gebeurt. Of het oudje intussen is verschenen. Maar hij weet dat dat niet het geval is. Het oudje zit hier, in zijn handen, en speelt, net als daarvoor. Hij zou het gezicht van de sergeant wel willen zien. Maar die zit pal achter hem. Maar hij ziet wel het been van de brigadier dat op de maat meewipt als hij een polonaise inzet. Het zijn dezelfde stukken die hij eerder heeft gespeeld, samen met het oudje. Hij kan niet verklaren wat er gebeurt.

Hij speelt, en dat is genoeg.

En de sergeant zijn de oren gewassen.

De Pianist schiet bijna in de lach.

Maar de sergeant staat op.

Hij staat op.

'Zo is het wel genoeg,' zegt hij.

Serieus.

Voor schut gezet.

De ogen tot spleetjes geknepen, de handen op de rug. Hij had nog geen lire ingezet op de weddenschap dat die sukkel piano zou kunnen spelen.

En hij zou gewonnen hebben, denkt de Pianist. Maar behalve hijzelf en het oudje weet niemand dat. En niemand zou het ooit te weten komen.

'Bravo, voor onze pianist,' zegt de sergeant.

De toon voorspelt niet veel goeds.

'En je kan dus wel degelijk een beetje op een piano tingelen,' zegt hij nog.

En wie zou dat ooit gezegd hebben!

'Zeg, brigadier? Wat vindt u?'

Volgens de brigadier speelde de jongeman nogal goed. Hij kan er wat van, vindt hij. Maar hij zegt niets. Hij knikt van ja, om de sergeant tevreden te stellen.

'En dan komen we nu bij de rest,' gaat de sergeant verder, die nu naast de Pianist staat.

Geluidsoverlast, zegt hij.

Huisvredebreuk.

'Wellicht diefstal, hè?'

Diefstal met braak.

Hij loopt rond zonder papieren, als een zwerver.

Hij liegt over zijn adres.

Wat valt er verder nog aan de lijst toe te voegen?

De vreugde van de Pianist verkilt, een ijsklomp in zijn maag.

'Sergeant, ik zweer u...' zegt hij.

Zweren? merkt die op.

Een groot woord. Dat hij wel erg gemakkelijk gebruikt.

'Wat wil je zweren?'

Heeft hij niet net, in de kazerne, gezworen dat juffrouw Gioietta Ribaldi de deur had opengedaan?

Had hij niet tegen zijn brigadier gezworen dat hij daar sinds een weekje woonde?

Wat wil hij nog meer zweren?

Weet hij wel dat een verklaring geven in strijd met de waarheid ook een misdrijf is?

'Willen we dat ook aan de lijst toevoegen?'

'Ik...' probeert de Pianist ertussen te krijgen.

'Jij bent hier naar binnen gegaan om iets te stelen,' onderbreekt de sergeant hem.

'Nee,' liegt de Pianist.

'Wel,' spreekt de sergeant hem tegen.

'Ik zweer u...' ontsnapt aan de Pianist.

'En misschien was je wel niet eens alleen,' zegt de sergeant.

Een feestavond, overal drukte, een gouden gelegenheid voor een kruimeldief als hij.

'Wat heb je gestolen?' vraagt de sergeant.

De Pianist bedenkt dat die nacht nooit op zal houden. Nooit meer. Het wordt nooit meer dag. Het zal hem nooit lukken hier weg te komen, naar huis te gaan, normaal werk te vinden...

'Niets,' antwoordt hij.

Hij steekt zijn koude handen in de zakken van zijn jack. Hij zou willen zeggen dat hij hier naar binnen is gegaan met de bedoeling om iets te stelen maar niets gestolen heeft. Het is de waarheid, maar dat mag hij, kan hij niet zeggen.

'Ah, niets?' merkt de sergeant op.

Dat zal nagetrokken moeten worden, voegt hij er aan toe.

'Daarvoor zouden we de neef, de erfgenaam, moeten hebben,' brengt de brigadier ineens te berde.

Ook hij is bang dat die nacht nooit ophoudt.

'Maar die woont in Milaan,' voegt hij er tevreden aan toe, ervan overtuigd zijn meerdere afgetroefd te hebben.

'Daarvoor hebben we alleen de hulp van de schoenmaker nodig,' weerspreekt de sergeant hem.

'Maar die is ziek,' brengt de brigadier daartegen in.

'Misschien is hij inmiddels genezen.'

'En bovendien is het bijna middernacht,' merkt de brigadier nog op.

De sergeant kijkt hem aan zonder iets te zeggen: is hij klaar met zijn tegenwerpingen?

Onderzoek kent geen vaste tijden.

De buurt is uitgestorven. Maar in de club wordt nog gedanst. De noten van de twee trekharmonica's bereiken de oren van de sergeant.

Het is vreemd.

Daarnet, boven, in het huis van de pianiste Gioietta Ribaldi, waar hij de brigadier en de Pianist heeft achtergelaten, had hij kunnen zweren dat ook daar het feest wel was afgelopen. Geen enkel geluid, geen dansmuziek, helemaal niets was er te horen geweest.

Hij belt aan bij de schoenmaker. Drie, vier keer,

aanhoudend. Ten slotte licht er een raam op, waarin een vrouw verschijnt. Het is de echtgenote, ze heeft een uilengezicht. Ze ziet de sergeant en slaat een hand voor haar mond. Het is die dag de tweede keer dat er een uniform voor de deur staat.

De sergeant zegt niet eens goedenavond.

Ik moet uw man spreken, zegt hij. Nu meteen.

De vrouw heeft nog steeds haar hand voor haar mond. Ze weet niet wat ze moet zeggen. Ze zou weer willen liegen, net als daarvoor tegen de brigadier. En als de sergeant er nu eens was omdát ze tegen de brigadier heeft gelogen?

Ze haalt haar hand van haar mond.

'Ik kom er aan,' zegt ze.

Ziet u, sergeant, zegt ze meteen daarna, om het uit te leggen, in een keuken die ruikt naar opgewarmde soep.

Nu niet, zegt de vrouw.

Morgen staat hij tot uw beschikking. De hele dag. Wat u maar wilt.

De vrouw beeft.

'Rustig maar, mevrouw,' zegt de sergeant.

Zenuwachtig. De geur van opgewarmde soep, het trillen van de vrouw, ergert hem.

'Het gaat om niet meer dan een kwartier, hoogstens een half uur,' zegt hij.

Hij zou vriendelijk willen klinken maar de toon van zijn stem gehoorzaamt niet.

'Alleen om even in het huis aan de overkant te kijken.'

Hoe moet ik het hem zeggen? denkt de vrouw.

Het gaat niet om wel of niet willen, zegt ze.

Maar mijn man verandert op de dag van het feest, dan is hij niet meer zichzelf.

De sergeant knikt.

'Alleen op die dag,' zegt de vrouw.

De dag die nu voorbij is.

Hij wordt dronken, bekent de vrouw, met neergeslagen blik. Maar die richt ze meteen weer op.

Maar niet omdat hij zo graag dronken wil worden, zegt ze met nadruk.

'Nee, natuurlijk niet,' zegt de sergeant droogjes.

De rest van het jaar is haar man nuchter, mak als een lammetje, verklaart de vrouw nader. Maar op die dag die eindelijk voorbij is zegt hij dat iedereen, ook de doden, ook die van vroeger tijden, terugkeert voor het feest. Hij zegt ze te zien, praat met ze, laat ze vertellen hoe het met ze gaat, vertelt hoe het met hem gaat, ze spreken met elkaar af voor het volgende jaar. Hij zegt dat hij op die dag een soort reusachtig lichaam om zich heen voelt, het lichaam van het dorp, diens adem, diens kloppende hart...

De vrouw zwijgt, ze is verbaasd over wat ze gezegd heeft.

'Ik weet dat het raar is,' zegt ze.

'Goed, zo is het wel genoeg,' kapt de sergeant haar af.

Een dronkelap en een gekkin.

Hij groet, en gaat weg zonder zich voor zijn late bezoek te verontschuldigen.

Dat komt morgen wel.

Buiten nog steeds het geluid van de twee trekharmonica's.

Hij gaat weer naar boven, het huis van pianiste Gioietta Ribaldi in.

Hij loopt om de tafel, verschuift de scherven van de gebroken vaas. Hij staat stil, kijkt naar de brigadier, naar de Pianist.

'Allez, naar de kazerne!' beveelt hij.

Alles is tot morgenochtend uitgesteld, zegt hij.

'Vannacht houdt onze pianist ons gezelschap.'

Bij het noemen van de Pianist, denkend aan de piano, beseft hij dat het geluid van de trekharmonica's hier niet doordringt.

Geen enkel geluid, stilte, afgezien van de stappen van hen drieën die vertrekken.

Ze zijn buiten. De brandstapel is een oranje vlek, een weerspiegeling in het water van de haven. Hij brandt langzaam. Langzaam lopen de sergeant en de brigadier naar de kazerne. De Pianist past zich aan hun stappen aan. Hij heeft het koud. Niemand zegt wat.

Het is net een dierengeluid, even later, het geknars van de sleutels die hem in de cel opsluiten. Drie keer draait de sleutel om.

De Pianist blijft staan, midden in de cel. Hij is verkild tot op zijn botten, tot op zijn vergroeide skelet. Zijn denken is blijven steken in het idee dat die nacht nooit voorbij zal gaan. Nooit meer. Eeuwig. Net als de slaap van het oudje. Hij zal er nooit meer uitkomen. Hij zal niet meer terugkeren naar een moeder die hem niet eens verwacht, gewend als ze is aan zijn stomme gedrag. Voor altijd hier, midden in de cel, met een vochtig jack aan, tot op zijn botten verkild, met lange, vette haren.

Terwijl boven, in zijn kantoor, de sergeant, voordat hij gaat slapen, de misdrijven die de Pianist begaan heeft op papier stelt. Er moet er nog één nagetrokken worden en dat zal hij over een paar uur doen.

Diefstal.

En misschien diefstal met braak, hij grijnst.

De brandstapel is inmiddels een kleine vlek, het is bijna een uur 's nachts, er is nog een enkeling op de kade, ze houden zich stil, maar het lijken geen mensen, eerder schimmen, ontheemde schimmen die de sergeant zachtjes goedenacht wenst.

Eerst de brigadier, zegt de vrouw van de schoenmaker. Dan tegen middernacht zelfs mijnheer de sergeant. Wat ze wilden, kan ze hem niet zeggen.

'Ze willen je spreken over iets in het huis van juffrouw Ribaldi,' zegt ze.

Maar hij... voegt ze eraan toe terwijl ze met haar
hand door de lucht beweegt.

Voor haar was haar man gewoon dronken. Maar
wee je gebeente als je dat woord in zijn aanwezigheid
gebruikt.

Gelukzaligheid, zo heeft hij het een keer omschre-
ven. Zij moest lachen. Hij legde ernstig uit dat het om
ware gelukzaligheid gaat. De gelukzaligheid de vrolij-
ke doden in levenden lijve te zien, ze te zien feestvie-
ren, het bloed te voelen dat door de aderen van het
dorp stroomt, weten dat het leeft ook al lijkt het de
rest van het jaar doodstil, roerloos. Pech gehad dat je

daar eerst zo veel voor moet drinken. Tenslotte gebeurt het maar één keer per jaar. De dag daarna wordt
de schoenmaker weer degene die hij altijd is, een rus-
tige, nuchtere man, een harde werker.

Kortom, verstandig.

'Dus,' zegt de vrouw.

Nu de gelukzaligheid, zoals hij dat noemt, voorbij
is, moet ze hem echt zeggen dat ze zich de vorige
avond wild is geschrokken, twee keer zelfs, eerst de
brigadier en toen de sergeant. Ze wil niet eens weten
waarom mijnheer de sergeant naar hun huis is gekomen toen het al middernacht was. Maar zij is het
nooit eens geweest met de afspraak de huissleutels
van mevrouw Ribaldi in bewaring te hebben...

'Kom zeg,' sputtert de schoenmaker tegen, 'een
vriendendienst...'

'Het geeft altijd problemen.'

'Maar als hij in Milaan woont...'

'Zijn probleem.'

Het geld van het huis heeft hij in zijn zak gestoken,
niet zij. En hij is er tussenuit geknepen met een tot
ziens en bedankt.

Zij wil zich niet meer zo wild schrikken als de afgelopen nacht. Dus zal hij haar een groot plezier doen door morgen die neef te bellen om hem te zeggen dat hij de sleutels moet komen ophalen. En die aan iemand anders geven.

'Ik wil er niets meer mee te maken hebben.'

Verstandig als hij is, zegt de schoenmaker ja.

De tekenen van de nieuwe dag dringen ook daar binnen, in de cel.

Een somber licht van laaghangende wolken boven
het meer, de geluiden van de poort, in de verte auto's
die over het asfalt glijden, een koude geur van een lo-
me dag, van een verschaald feest.

De Pianist zit op de brits, hij voelt zijn kleren tegen
zijn lichaam plakken, zijn mooie handen trillen licht.

De stem van de sergeant laat de brigadier weten dat
hij op weg gaat. De Pianist telt zijn stappen en denkt:
hij heeft een zware tred, onwelwillend.

'Genezen?'

De ironie ontgaat de schoenmaker niet. Maar hij moet
mijnheer de sergeant welwillend tegemoettreden.

Hij heeft al ja tegen zijn vrouw gezegd, en zegt ook
ja tegen de sergeant.

Ja, dank u.

'Dat zei mijn vrouw namelijk,' opent de schoenmaker de aanval.

'Ik heb u nodig,' zegt de sergeant.

'Hier ben ik, komt u binnen,' antwoordt de schoenmaker terwijl hij hem de keuken in begeleidt die nog altijd naar opgewarmde soep ruikt.

De sergeant gaat met tegenzin naar binnen. Hij weigert te gaan zitten. Gelukkig dat de vrouw niet verschijnt, denkt hij.

'Zoals uw vrouw waarschijnlijk al gezegd heeft,' zegt de sergeant.

'Niet dat ze me nou zo veel verteld heeft...' onderbreekt de schoenmaker hem.

'Dat zal ik doen,' zegt de sergeant.

Vorige avond hebben zij, de carabinieri, een figuur aangehouden die uit het huis van mejuffrouw Gioietta Ribaldi kwam.

'En naar mijn oordeel vertelt hij ons niet de waarheid,' benadrukt hij.

Het 'mijn' van de sergeant heeft iets onherroepelijks, definitiefs. Het is een zekerheid die alleen nog maar bewezen moet worden.

De schoenmaker overweegt of de neef misschien gisteravond even langs is geweest, maar het is een bizarre gedachte, hij laat hem meteen schieten, hij moet zich niet laten afleiden in aanwezigheid van de sergeant.

'En wie is dat dan wel?' vraagt hij.

'Dat weten we nog niet. Hij heeft geen papieren bij zich. Hij heeft ons een voor- en achternaam opgegeven, die zijn we nog aan het natrekken. Maar nu...'

De wijsvinger van de sergeant is naar beneden gericht. Nu meteen, bedoelt hij. Zonder nog meer tijd te verliezen in die naar opgewarmde soep stinkende keuken. Controleren of er iets in dat huis mist. Er achter komen wat die persoon gestolen heeft, hoewel hij een aantal keer heeft gezegd dat hij absoluut niets achterover heeft gedrukt.

'Een leugen, uiteraard.'

Misschien samen met iemand. Gebruik makend van de feestdrukte. Ze zijn dat huis binnengegaan en...

'Gestolen?' barst de schoenmaker uit, waarmee hij de zin van de sergeant afkapt.

'Wat doet een dief anders?' vraagt de sergeant.

Maar de schoenmaker is bleek geworden.

De sergeant registreert het, naweeën, denkt hij.

'Ga zitten, als u zich niet goed voelt,' zegt hij.

'Nee, nee, ik voel me prima,' verzekert de schoenmaker hem. 'Maar...'

'Maar?'

De schoenmaker slaat zijn blik neer, hij weet niet hoe hij het moet zeggen.

'Ik weet niet hoe ik het moet zeggen,' mompelt hij dan ook.

'Wat?' vraagt de sergeant ongeduldig. Hij zou die man wel bij zijn schouders willen pakken en hem door elkaar schudden om te zien of er dan woorden uit zijn mond rollen.

Nou, begint de schoenmaker, nog altijd met neergeslagen blik, behalve als ze de piano hebben gestolen of, maar dat zegt hij zonder enige ironie, of de muren van het huis, hij zou niet weten wat ze verder nog hebben kunnen stelen.

'Aangezien,' zegt hij, en nu met zijn blik op de sergeant, 'aangezien het huis leeg is.'

Helemaal leeg.

De sergeant moet even hoesten.

'Wat vertelt u me nu?' vraagt hij.

De waarheid.

Het huis is leeg. Al meer dan een maand. Sinds de neef, de enige erfgenaam van juffrouw Gioietta Ribaldi het heeft kunnen verkopen. De koper had geen interesse voor de inboedel. Oude troep.

'Prullen,' meldt de schoenmaker.

Bijna allemaal geëindigd bij het oud papier, behalve een tafel en een paar stoelen die een uitdrager heeft opgekocht. Het enige dat enige waarde kan hebben is de piano waarop juffrouw Gioietta Ribaldi haar leven lang heeft gespeeld. Die staat daar nog tot iemand hem wil kopen. Hij zal daar tot de lente blijven staan, want dan beginnen ze met de verbouwing. Er hangt ook een bord aan de buitenmuur, 'Vleugel te koop'.

'Dat heeft u vast gezien, sergeant.'

Als die verkocht kan worden, prima. Zo niet, dan wacht hem hetzelfde lot als de andere meubels.

'Maar goed,' besluit de schoenmaker, 'als u wilt, sergeant, kunnen we even naar boven lopen en gaan kijken.'

'Daarom ben ik hier,' laat de sergeant droogjes weten, ervan overtuigd dat de schoenmaker nog niet helemaal nuchter is.

En u kunt de sleutels hier laten, voegt hij eraan toe, want de deur staat open.

'Dat weet ik,' zegt de schoenmaker. Het slot is al een paar maanden kapot.

'Ik heb de neef daarvan nog op de hoogte gebracht,' zegt de schoenmaker. Maar die heeft het nooit laten maken. Hij zei dat als dieven het huis leeghalen ze hem daar een plezier mee doen. Het huis heeft hem nooit erg veel kunnen schelen. Behalve de verkoop ervan.

'Hij blij,' zegt de schoenmaker.

Het slot repareren heeft nu niet meer zo veel zin, verklaart hij nader, het huis is namelijk helemaal leeg.

De sergeant gaat voor op de trap. Hij volgt. Het stilzwijgen van de sergeant bevalt hem niet, het maakt hem onzeker, daarom praat hij. Hij heeft het idee dat de sergeant denkt dat hij gelogen heeft. Maar nu zal hij het zien.

'Als u het ingericht had willen zien,' zegt hij, 'dan had u drie, vier maanden geleden langs moeten komen.'

Maar er waren geen waardevolle meubels, benadrukt hij.

'Daar zijn we,' zegt hij voor de deur van het huis.

De sergeant doet een stap opzij om de schoenmaker voor te laten gaan.

'Dit was de salon,' zegt de schoenmaker met een weids armgebaar als hij het vertrek betreedt.

Leeg, op de piano na.

'Hier stond een tafel met wat snuisterijen erop, wat familieaandenkens,' legt hij verder uit.

Een vitrinekastje, stoelen...

De sergeant laat zijn blik door de hele kamer glijden, laat hem rusten op de plek waar de stoel stond waarop hij een paar uur eerder heeft gezeten. Hij kijkt ook naar de plaats waar de brigadier was gaan zitten, met zijn been zwaaiend op het ritme.

'Ook daar,' zegt de schoenmaker nog, 'is alles leeg.'

Daar is, of liever gezegd was, de slaapkamer van juffrouw Gioietta Ribaldi. En verder, daarachter, een keukentje. Hij weet dat het vreemd mag lijken maar in de huizen van deze wijk zijn de ruimtes wat ze zijn. Een salon, de slaapkamer, een piepkleine keuken, meer niet.

'Maar ook die zijn leeg.'

De stem van de schoenmaker is hoger van toon

geworden, helder, bijna vrolijk. Hij is blij dat hij de sergeant heeft kunnen laten zien dat hij geen leugens verteld heeft. En waarom zou hij? De blik die hem vlak hiervoor was toegeworpen toen hij zo te zien niet geloofd werd vond hij maar niks.

De sergeant zegt niets.

Ten slotte doet hij een paar stappen door de kamer. Ook de schoenmaker zwijgt, hij heeft niets meer te zeggen. Hij kijkt naar de carabiniere die door de kamer loopt. Bijna verschijnt er een flauwe glimlach op zijn gezicht, die onderdrukt hij. Maar het is vreemd, bijna een beetje belachelijk zoals de sergeant zich voortbeweegt, alsof er werkelijk meubels in de kamer staan, hij maakt een rondje of er werkelijk een tafel staat, hij staat op een gegeven ogenblik stil, pal tegenover de vleugel. Het duurt maar even, hij strekt zijn handen uit en trekt ze meteen weer terug, alsof hij een stoel onder de tafel wilde rechtzetten.

Dan loopt hij naar buiten, gaat weg, groet niet, laat hem daar staan.

De schoenmaker weet niet wat hij ervan moet denken.

Hij bedenkt dat hij nu, nadat hij de sergeant heeft

gehoorzaamd, zijn vrouw zal moeten gehoorzamen, dat vervloekte telefoontje plegen aan de neef, hem spreken over de sleutels, dat hij een ander moet vinden om ze aan toe te vertrouwen, ook al zijn het inmiddels nutteloze sleutels.

De brigadier heeft de hele nacht in de kazerne doorgebracht. Grotendeels wakker. Toch heeft hij geen slaap. Af en toe is hij naar beneden gegaan om even een blik op de jongeman te werpen, door het kijkgaatje. Geen enkele keer heeft hij hem zien liggen. Hij stond aldoor. Als een naargeestige, verdwaalde vogel, met die haakneus, die lange, vette haren. Niet zozeer een man als wel een onschuldig dier opgesloten in de cel op een feestavond.

Haast overal liggen de tekenen van het feest op straat, de paarden van de Drie Wijzen hebben herinneringen aan hun voorbijgaan achtergelaten. De sergeant loopt snel naar de kazerne, zijn blik naar beneden gericht, erop gespitst nergens in te trappen.

Hij wil niet denken aan wat hij net gezien heeft, aan de doden uit vroeger tijden van de schoenmaker, aan de piano, aan de muziek. Hij maakt een lijstje van de overtredingen.

Een voor een worden ze geschrapt.

Weg diefstal met braak.

Zelfs niet gewoon diefstal.

Geluidsoverlast: op een feestavond is dat te zot voor woorden.

Landloperij is niet bewezen.

Hij schrapt ze, ze almaar herhalend alsof hij een rozenkrans bidt, totdat hij bij de kazerne is.

De brigadier komt hem tegemoet.

'Stuur hem weg,' beveelt de sergeant.

'De jongeman?' vraagt de brigadier. Hij glimlacht. Hij voelt zich opgelucht.

'Weg!' herhaalt de sergeant.

Naar huis, en dat hij hem hier nooit meer wil zien. Snel.

Voordat hij zich bedenkt, zegt de sergeant.

Hij zou in zijn toon een gevoel van gratie, van vergiffenis willen leggen. Dat lukt hem niet. Zijn woorden klinken hard, boosaardig.

'Is er iets gebeurd?' vraagt de brigadier.

'Niets,' antwoordt de sergeant.

Hij hoeft geen uitleg te geven. Aan niemand. Zelfs niet aan de brigadier die er die nacht bij is geweest.

'Wegwezen,' zegt de brigadier.

De Pianist kijkt hem aan.

'Eruit, zei ik,' herhaalt de brigadier.

Naar huis.

Opdracht van de sergeant, zonder enige verklaring, zelfs niet aan hem.

Hij staat buiten, maar het duurt even tot dat tot hem door wil dringen. Het geluid van de poort die achter hem dichtvalt helpt niet eens echt.

Het is het meer, zachtjes beroerd door de noord-oostenwind, dat hem dat duidelijk maakt.

En de berg voor hem, grijs in het grauwe winter-weer.

Iemand op een fiets die voorbijkomt, pijlsnel, op-gewekt, ondanks de kou.

Hij heeft honger. Hij zou een groot bord *trippa* kunnen eten.

Hij staat buiten maar kan nog maar nauwelijks ge-loven dat hij ontsnapt is aan een nacht die nooit meer voorbij leek te gaan.

Er is een bar aan de overkant. Zijn neus vangt de geur van versgebakken brioches op. Hij zou er wel drie, vier op kunnen. Met het weinige geld dat hij in zijn zak heeft zal hij moeten kiezen, eten of het treinkaartje. Hij steekt de straat over, zonder te kiezen heeft hij al gekozen, één ding tegelijk, eerst eten en dan ziet hij wat de trein betreft wel weer. Hij gaat de bar in. Hij ziet zichzelf in de grote spiegel achter de toog. De brioches zijn in een geurige piramide fraai tentoongesteld op de bar. Hij strekt zijn hand uit om er een te nemen. Bijna bevreesd, hij heeft het gevoel dat hij iets steelt. De man die achter de bar staat keurt hem nauwelijks een blik waardig, en gaat door met wat hij aan het doen was, glazen afwassen, hij vraagt of hij wat wil drinken, een cappuccino, een espresso. De Pianist antwoordt nee, hij neemt een tweede brioche, de man zegt oké, hij gaat door met glazen afwassen. Met de laatste hap nog tussen zijn kiezen loopt de Pianist naar de kassa.

Ik kom, zegt de barman terwijl hij nog een glas afdroogt.

De Pianist heeft al het geld dat hij bezit in zijn hand. Hij vraagt hoeveel het is. De kassa gaat met belgerinkel open. Twee brioche, bijna alles wat hij op zak heeft. Er ligt een keurig stapeltje bankbiljetten in de kassa. Met één daarvan zou de Pianist uit de brand zijn. Maar hij verjaagt de gedachte, nooit meer. De deur van de bar gaat open, er komt iemand binnen die luidruchtig goeiedag zegt.

Het duurt maar heel even. De barman keert zich naar hem toe, groet terug, de ander maakt een grap, de barman antwoordt.

Het is echt de laatste keer, denkt de Pianist. Met een oog op de barman die nog altijd met zijn rug naar hem toe staat. Zijn hand doet een graai in de kassa. Het is een biljet van vijfduizend lire. Hij verfrommelt het in zijn hand. De barman draait zich weer naar hem toe, kijkt hem peinzend aan. De Pianist knijpt zijn hand stijf dicht.

'Twee brioche, was het niet?' vraagt de barman.

De Pianist heeft een droge mond, hij kan niets zeggen, knikt van ja, neemt het wisselgeld aan, gaat naar buiten. Hij loopt naar het station nog altijd met zijn hand tot een vuist gebald. Hij zal het treinkaartje betalen, en naar huis gaan. Hij weet dat zijn moeder hem zal vragen waar hij de hele nacht is geweest. Ze zal het hem op die verslagen toon vragen, zonder een antwoord te verwachten.

Werk aan het zoeken, zal de Pianist antwoorden.

Hij weet dat het een stom antwoord is dat nergens op slaat, hij weet dat zijn moeder het niet zal geloven maar het is het enige antwoord dat hij kan geven, hij weet dat hij met dat antwoord niets dan de waarheid vertelt.

Kaarten, verdomme. Maar de brigadier verwacht voor een keer niet anders. Dat de sergeant hem voorstelt een potje *scopa* of *briscola* te spelen, zomaar, om de tijd te doden tot ze kunnen gaan eten.

De brigadier stemt in: '*Briscola*?' vraagt hij.

'*Briscola*, mij best,' zegt de sergeant.

Nu is het moment aangebroken hem eens goed de les te lezen, denkt de brigadier. Hij zal hem geen enkele hand, geen enkele partij laten winnen. Hij wil hem eens goed de les lezen, hij wil hem rood zien aanlopen van woede, bij het steeds maar verliezen.

Sinds een paar dagen zit de brigadier op niets anders te wachten, vanaf de avond van het feest zit hij op niets anders te wachten dan dat de sergeant hem vraagt een paar potjes te spelen.

Maar de sergeant was een paar dagen in zichzelf gekeerd geweest, elders met zijn gedachten, stil.

Misschien vanwege de jongeman die hij koste wat het kost zwart wilde maken, wat hem niet gelukt is. De brigadier denkt dat het zo zit maar wil niet op het onderwerp terugkomen, aan die nacht denken, die episode zit hem niet lekker, maar halverwege de eerste partij waarin hij ruim aan de winnende hand is kan hij het toch niet laten, wanneer hij de schoppentwee in handen krijgt.

'Trouwens, sergeant,' zegt hij.

En hij laat hem de kaart zien.

'Herinnert u zich die jongeman van die avond laatst nog?'

Het gezicht van de sergeant betrekt bij het zien van de kaart die de brigadier naar hem ophoudt.

De identiteitscontrole is binnengekomen, de voor- en achternaam zijn van iemand die al een jaar dood is: dus er zijn twee mogelijkheden, zegt de brigadier, of die kerel heeft ons belazerd of het was een geest.

En de brigadier lacht, want híj gelooft niet in spoken.

Andrea Vitali

De dochter
van de
burgemeester

Roman

Serena Libri

Bellano, 17-01-1957

IMP.FISSO 5.16
DIR.SEGR. 0.26
TOTALE   5.42

Andrea Vitali

Juffrouw Jole
wil een man

Roman

Serena Libri

Piero Chiara, *De bisschopskamer* 978 90 76270 357

Domenico Cacopardo, *De zaak Gaetano Chillè* 978 90 76270 494

A. Camilleri, *De eerste zaak van Montalbano* 978 90 76270 470

Leonardo Sciascia, *De context* 978 90 76270 500

Andrea Vitali, *Juffrouw Jole wil een man* 978 90 76270 524

A. Camilleri, *Montalbano en het verdwenen kind* 978 90 76270 531

Alberto Ongaro, *Hoog spel* 978 90 76270 555

Domenico Cacopardo, *Virginia* 978 90 76270 586

A. Camilleri, *Zeven maandagen met Montalbano* 978 90 76270 562

Marino Magliani, *De vlucht van de kolibrie* 978 90 76270 616

Andrea Camilleri, *Collura, commissaris ter zee* 978 90 76270 623

Alberto Ongaro, *De brug van de verlating* 978 90 76270 555

Serena Libri, Vossiusstraat 21, 1071 AD Amsterdam
serena@xs4all.nl • www.serenalibri.nl